Johann Joachim Eschenburg

Grundzüge der griechischen und römischen Fabelgeschichte

1. Band

Johann Joachim Eschenburg

Grundzüge der griechischen und römischen Fabelgeschichte
1. Band

ISBN/EAN: 9783743656505

Hergestellt in Europa, USA, Kanada, Australien, Japan

Cover: Foto ©Andreas Hilbeck / pixelio.de

Weitere Bücher finden Sie auf **www.hansebooks.com**

Grundzüge

der

griechischen und römischen

Fabelgeschichte

Zum

Gebrauch bey Vorlesungen

von

Johann Joachim Eschenburg

Hofrath und Professor zu Braunschweig,

Zweyte, verbesserte Auflage.

Berlin und Stettin,

bey Friedrich Nikolai.

1787.

Mythologie.

Einleitung.

1.

Unter dem Worte Mythologie (von μυθος. Fabel,) versteht man gewöhnlich den Inbegrif derjenigen, aus Wahrheit und Erdichtung zusammengesetzten Erzählungen, welche die Gottheiten und Halbgottheiten des griechischen und römischen Alterthums, ihre Abkunft, ihre Handlungen und Begebenheiten, ihre Namen, ihre Attribute, ihre gottesdienstliche Verehrung und bildliche Vorstellung betreffen. Da dieser Vortrag der Fabellehre durchgängig erzählend ist; so wird sie auch oft Fabelgeschichte genannt.

2. Nur muß man immer den Gesichtspunkt, in welchem die griechische und römische Nation die mythologischen Erzählungen betrachteten, von demjenigen unterscheiden, in welchem wir, durch eine höhere Offenbarung belehrt, und bey anderweitigen Absichten, sie anzusehen pflegen. Für jene waren sie wirkliche Religionsgeschichte, und größtentheils Gegenstände des Volksglaubens; für uns sind sie Denkmäler der Dichtkraft und des Aberglaubens früherer Zeiten, aber zugleich lehrreiche und nothwendige Hülfskenntnisse, zum richtigern Verstande der griechischen und römischen Schriftsteller, vornehmlich der Dichter, und zur bessern Beurtheilung alter Gebräuche, Vorstellungsarten und Kunstwerke.

3. Und

3. Und so sind auch die Quellen der Mythologie von zwiefacher Art; theils solche, woraus jenes ganze Fabelsystem ursprünglich entstand, und immer mehr erweitert wurde, worunter wahre Geschichte, willkührliche Dichtung, herrschende Sinnlichkeit, Ehrsucht, Nationalstolz, Priesterbetrug, Leichtgläubigkeit und Neigung zum Wunderbaren die vornehmsten sind; theils solche Quellen, woraus wir gegenwärtig die Nachrichten und einzelnen Umstände der Fabelgeschichte schöpfen; und diese sind die Dichter, die Geschichtschreiber, die eigentlichen mythologischen Schriftsteller, und die uns übrig gebliebenen Kunstwerke der Griechen und Römer.

4. Fast alle Dichter des Alterthums erzählen oder berühren mythologische Begebenheiten und Umstände; fast alle haben sich ihrer, als sehr wirksamer Hülfsmittel zur größern Versinnlichung dichtrischer Ideen, oft auch als Quellen des Wunderbaren in größern Gedichten, bedient; eigentliche mythische Gedichte aber lieferte unter den Griechen Hesiodus, in seiner Theogonie, und unter den Römern Ovid in seinen Metamorphosen. Von ihren Geschichtschreibern erwähnen gleichfalls die meisten wahre oder erdichtete Handlungen der Götter und Helden, und beschreiben ihre Verehrungsart, ihre Tempel, und andere gottesdienstliche Denkmäler. Vorzüglich sind Herodot, Diodor, Strabo, Pausanias, Dares aus Phrygien und Diktys von Kreta in dieser Absicht brauchbar.

S. die Anleitung zur Kenntniß griech. und röm. Schriftsteller. Abschn. VI.

5. Das meiste Licht verbreiten indeß, über die eigentliche Beschaffenheit der alten Fabelgeschichte, diejenigen Schriftsteller, welche den Vortrag der Mythologie zu ihrem Hauptgeschäfte wählten, und entweder das alte Fabelsystem in seinem ganzen Umfange, oder einzelne mythische Erzählungen absichtlich vortrugen. Dahin gehören unter den Griechen;

chen: Apollodor, Konon, Hephäftion, Parthenius,
Antoninus Liberalis, Paläphatus, Heraklides, ein
späterer Ungenannter, Eratofthenes, und Phurnutus;
unter den Römern: Hyginus, Fulgentius, Laktantius,
und ein späterer lateinischer Schriftsteller, Albricus.

S. die angef. Anleitung, Abschn. VI.

6. In neuern Zeiten hat man die Mythologie mehr als
eine besondere Wissenschaft behandelt, und Schriften darüber ausgearbeitet, in welchen sie entweder bloß historisch vor-
getragen, oder nach ihren Gründen und ihren Beziehun-
gen untersucht, und, wiewohl großentheils nur hypothe-
tisch, erklärt wird.

1. Größere Werke dieser Art sind folgende:

Lil. Gregor. Gyraldi Historiae Deorum Gentilium
Syntagmata XVII. Basil. 1548. Fol

Vinc. Cartari, delle Imagini degli Dei degli an-
tichi. Padua, 1609. 4. Lateinisch, Lugd. 1581. 4.

Natalis Comitis Mythologiae, f. Explicationis fabu-
larum Libri X. Genev. 1651. 8.

Gerh. Ioh. Voffii de Theologia Gentili et Physiolo-
gia Christiana, f. de Origine et Progreffu Idololatriae
Libri IX. Amst. 1668. Fol. Francof. 1668. 4.

La Mythologie et les Fables expliquées par l'Histoire, par l'Abbé *Banier*. Par. 1740. 8. Voll. 12. Deutsch,
mit vielen brauchbaren Anmerkungen von J. A. Schlegel
und J. M. Schröckh. Leipzig 1755 — 65. 5 Bände, gr. 8.

2. Kürzere Handbücher der Mythologie sind:

Fr. Pomey Pantheum Mythicum, f. fabulosa deorum
historia, ex ed. *Sam. Pitiscl*, Amst. 1730. 8. — Ha-
gers Einleitung in die Götterlehre, nach Anleitung Franz
Pomey's, Chemnitz, 1762. 8

A 3 C. T.

C. T. Damm's Einleitung in die Götterlehre und Fabelgeschichte der ältesten griechischen und römischen Welt. Berlin, 1775. 8. Neue, umgearbeitete Ausgabe. Berlin, 1786. 8.

Heinrich Braun's Einleitung in die Götterlehre der alten Griechen und Römer, zum Gebrauche der Schulen, Augsb. 1776. 8.

D C. Seybold's Einleitung in die griechische und römische Mythologie der alten Schriftsteller, für Jünglinge; mit antiken Kupfern. Leipz. 1784. 8.

Mythologisches Lesebuch für die Jugend. Leipzig, 1785 86. 2 Theile 8.

3. Die vornehmsten Wörterbücher über die mythologischen Personen, ihre Geschichte, Abbildungen und Attribute, sind folgende:

B. Hederich's mythologisches Lexicon; umgearbeitet von J. J Schwabe, Leipz. 1770. gr. 8.

Kurzgefaßtes mythologisches Wörterbuch. Berlin, 1752. 8.

Dictionnaire abregé de la Fable, par Mr. *Chompré.* Par. 1757. 12.

Dictionnaire portatif poetique, qui contient l'Histoire fabuleuse des dieux et des heros, par *M. B.* Par. 1759. 8.

Dictionnaire Iconologique, par M. *de Prezel.* Par. 1779 2. Voll. 8.

4. Hieher gehörige Kupferwerke, welche die Abbildungen mythologischer Denkmäler, nebst ihren Erklärungen enthalten:

L'Antiquité expliquée et representée en figures, par *Dom. Bernard de Montfaucon.* Par. 1719. 5 Voll. Fol. Supplemens à ce livre, Par. 1724. 5 Voll. Fol. —

Ein

Ein Auszug daraus: Antiquitates Graecae et Romanae a *Bern. de Montfaucon*, a *Io. Iac. Schatzio*; notas criticas adiecit *Io. Sal. Semler.* Norimb. 1757. Fol.

Joach. von Sandrart Iconologia Deorum, oder Abbildung der Götter, welche von den Alten verehrt wurden ꝛc. Nürnb. 1680. Fol. — Auch in dessen deutschen Akademie der Bau = Bildhauer = und Mahlerkunst: n. A. von Dr. Volkmann, Nürnb. 1768. ff. 10 Bände Fol.

Polymetis; or an Enquiry concerning the Agreement between the Works of the Roman Poets and the Remains of the ancient Artists; by the Rev. Mr. *Spence.* Lond. 1747. Fol. 1755. Fol. — Ein Auszug daraus: A Guide to classical Learning, or Polymetis abridged, by *N. Tindal.* Lond. 1768. 8. — Von der Uebereinstimmung der Werke der Dichter mit den Werken der Künstler, nach dem Englischen des Herrn Spence, von Jos. Burkard, Th. I. Wien, 1773. 8. Th. II, von F. F. Hofstäter, Wien, 1776. 8.

5. Sehr brauchbar für den mythologischen Unterricht sind auch die Abdrücke antiker Gemmen, auf welchen Subjekte dieser Art vorkommen; vornehmlich:

Lippert's Daktyliothek, in drey Abtheilungen, wovon jedes tausend Pasten enthält, und das erste Tausend ganz mythologisch ist. Die Erklärungen dieser Gemmen giebt seine Daktyliothek. Leipz. 1767. 2 Bände in 4. und deren Supplement, Leipz. 1776. 4.

Versuch einer mythologischen Daktyliothek für Schulen — — von A. E. Klausing. Leipz. 1781. 8. Dazu gehört eine Sammlung von 120 saubern Abdrücken geschnittener Steine, als ein Buch in gr. 8. mit der Aufschrift: Mythologische Daktyliothek.

Sehr schöne Abdrücke der vornehmsten Gemmen des Alterthums, großentheils mythologischen Inhalts, haben auch in den neuern Zeiten die bekannten englischen Künst=

ler Wedgwood und Bentley geliefert; (ſ. ihren Kata=
log, Lond. 1779. gr. 8.) und noch vorzüglicher ſind die äuſ=
ſerſt glücklichen Paſten und Abdrücke von Taſſie, deſſen aus
mehr als 12000 Stücken beſtehende Sammlung von Hrn.
Raſpe in eine ſehr zweckmäßige Ordnung gebracht iſt, der
auch von ihrer Einrichtung (Lond. 1786. gr. 8.) eine be=
ſondre Nachricht herausgegeben hat.

6. Da der vornehmſte Nutzen, den man ſich von Erler=
nung der Mythologie verſprechen kann, auſſer der richtigern
Beurtheilung der älteſten Philoſophie und Völkergeſchichte,
das beſſere Verſtändniß der griechiſchen und römiſchen
Schriftſteller und der Arbeiten ihrer Künſtler iſt; ſo ſchrän=
ken wir uns auch hier nur auf die Fabelgeſchichte dieſer bey=
den Nationen ein, die zwar in ihrer Götterlehre ſehr vieles
mit einander gemein hatten; in manchen einzelnen Umſtän=
den aber, ſowohl in Anſehung der mythologiſchen Perſonen
und ihrer Attribute, als ihrer Ableitung und Verehrung,
von einander abgiengen. Dieſe Abweichungen und Eigen=
heiten werden in der Folge am gehörigen Orte bemerkt werden.

7. Da Griechenland urſprünglich durch mehrere, vor=
nehmlich morgenländiſche Kolonien bevölkert wurde, und
ſeine erſten Religionsideen hauptſächlich von den Aegyptern
und Phöniziern erhielt; ſo iſt der Urſprung der meiſten grie=
chiſchen Gottheiten und ihrer Verehrungsart in der Reli=
gionsgeſchichte dieſer beyden Völkerſchaften zu ſuchen. Nur
fanden dabey in der Folge mancherley Abänderungen ſtatt;
und die Spuren jener Herkunft verloren ſich zum Theil
durch die den Griechen eigne Bemühung, alles zu nationa=
liſiren, und ſich und ihren Vorfahren den inländiſchen Ur=
ſprung ihres ganzen Religionsſyſtems und die einheimiſche
Abkunft der Götter und Halbgötter, anzumaſſen.

8. Mehr Spuren griechiſcher Abkunft blieben in der gan=
zen gottesdienſtlichen Verfaſſung der Römer ſichtbar, wo=
von nur der kleinſte Theil einheimiſch, und der größere durch
Mit=

Mittheilung der griechischen Kolonien in Italien entstanden war. Die Römer veränderten indeß nicht nur viele Benennungen der Götter, sondern auch einige Umstände ihrer Geschichte, einige gottesdienstliche Anordnungen. Auch hatten sie verschiedne Religionsbegriffe von den Hetruriern erhalten. Diese Begriffe und Veranstaltungen waren überhaupt mit ihrer Politik genau verflochten, und hatten daher besonders in den Auspicien, Augurien, und Vorzeichen andrer Art viel Eigenthümliches. Und so findet man in der römischen Götterlehre manches, was die griechische nicht hat, manches aus dieser nicht aufgenommen, manches davon umgebildet und abgeändert.

9. So waren auch die Haupteintheilungen oder Klassen verschieden, welche die Griechen und die Römer von ihren Gottheiten zu machen pflegten. Bey den Griechen war diese Einleitung dreyfach, in höhere Gottheiten, Untergötter, und Halbgötter oder Heroen; bey den Römern hingegen zweyfältig, in Götter höherer und geringerer Abkunft: (Dei maiorum et minorum gentium.) Die erstern machten den großen Götterrath aus, und heißen daher *consentes* und *selecti*; diese, wozu auch die Halbgötter oder Heroen gerechnet wurden, hießen bey ihnen *indigetes* oder *adscriptitii*.

10. Auf den wissenschaftlichen Vortrag der Mythologie hat indeß die Verschiedenheit dieser Göttersysteme keinen wesentlichen Einfluß; und da die meisten und vornehmsten Götter den Griechen und Römern gemeinschaftlich waren, so wird es, bey jedesmaliger Bemerkung einzelner Eigenheiten oder Abweichungen, der Kürze und Faßlichkeit zuträglicher seyn, die ganze griechische und römische Fabelwelt in folgende vier Hauptklassen einzutheilen: in höhere Götter — geringere Götter — verschiedne mythologische Personen, deren Geschichte mit den Begebenheiten jener Götter in Verbindung steht — und in Halbgötter oder Heroen.

I.

Mythologische Geschichte der höhern griechischen und römischen Götter und Göttinnen.

I. Kronos, oder Saturnus.

1.

Einer der ältesten Götter, den man für einen Sohn des Uranos und der Titäa, oder des Himmels und der Erde, hielt, und dem man die erste Beherrschung des ganzen Weltalls beylegte, hieß bey den Griechen Kronos, und bey den Römern Saturn. Seine Gattin und Schwester war Rhea, die von den Römern auch Ops genannt wurde; und der merkwürdigste und älteste seiner Brüder hieß Titan, von dem auch die übrigen Brüder Saturns, deren noch fünfe waren, die Titanen und ihre fünf Schwestern die Titaniden hießen. Saturn allein erhielt durch Uebermacht über seinen Vater und seine Brüder den Vorzug der Regierung; doch machte er sich anheischig, alle seine Söhne gleich nach der Geburt zu vertilgen; und, der gewöhnlichen Sage nach, verschlang er sie.

2. Diesem Schicksale entgiengen indeß, durch die List ihrer Mutter, Jupiter, Neptun und Pluto. Der erstere war seinem Vater Saturn zur Wiedererlangung seines Reichs behülflich, da ihn seine Brüder, die Titanen überwältigt, und in einen finstern Kerker, den Tartarus, geworfen hatten. Bald darauf aber wurde er vom Jupiter selbst bekriegt und des Throns beraubt. Der römischen Dichtung nach, floh er nun nach Italien, und erwarb sich daselbst durch bessern Anbau des Landes und durch Sittenverbesserung un=

sterb=

sterbliches Verdienst. Unter ihm war das sogenannte golde=
ne Weltalter, welches auch die griechischen Dichter in
seine Regierungszeit setzen, und, gleich den römischen,
sehr reizend beschreiben.*) Bloß die Idee von der ursprüng=
lichen größern Vollkommenheit und Fruchtbarkeit der neu=
geschaffnen Natur ist die Grundlage dieser Dichtungen.

*) S. HESIOD. *Opera et Dies*, v. 109. VIRGIL. *Aeneid.* L.
VIII. v. 319. OVID. *Metamorph.* L. I. v. 89 — 113.

3. Aus seiner griechischen Benennung, die mit Χρονος,
Zeit, gleichgeltend ist, ergiebt sich schon der Umstand, daß
man sich eigentlich den Begrif der Zeit in dem Saturn
personificirt dachte. Selbst der lateinische Namen Satur=
nus scheint, so, wie die Fabel von der Verschlingung seiner
Söhne, auf Raub und Sättigung der Zeit anzuspielen;
obgleich jener Name wahrscheinlicher seine Einführung der
Saaten, oder des Ackerbaues, zum Grunde hat. Beyna=
men dieses Gottes waren: Jlus, Leukanthes, Drepa=
nus, Canus, Vitisator, u. a. m.

4. Anfänglich soll man ihm Menschenopfer gebracht
haben, besonders bey den Karthaginensern, Galliern, und
den ersten pelasgischen Bewohnern Italiens. Seine be=
rühmtesten griechischen Tempel waren zu Drepanum und
Olympia. Saturn's Tempel zu Rom war zugleich Schatz=
kammer der Republik, vermuthlich zur Erinnerung an die
allgemeine Sicherheit und die Gemeinschaft der Besitzungen
im goldnen Weltalter. Das größte Fest dieses Gottes hieß
bey den Griechen Peloria, und bey den Römern die Satur=
nalien, ein Fest der Muße, der Freyheit und der Gastfreund=
schaft. Gebildet wurde Saturn als Greis, mit einer Sense
in der Hand, oft auch mit einer kreisförmigen Schlange;
beydes Sinnbilder der Zeit. Es giebt aber wenig antike
Denkmäler von ihm.

5. Ju

5. In Saturns Zeitalter setzte die römische Mytholo=
gie einen ihrer höhern Götter, den Janus, thessalonischen
Ursprungs, und König der frühesten Einwohner Italiens, der
sogenannten Aboriginer. Zu ihm floh Saturn, der römischen
Dichtung nach, und unter ihm war die goldne Zeit und unge=
störter Friede. Ihm ward daher jener berühmte Tempel von
Romulus erbauet, der während des Krieges allemal geöff=
net, und zur Zeit eines im römischen Gebiete allgemeinen
Friedens feyerlich wieder geschlossen wurde, welches jedoch
in den ersten 724 Jahren nach Roms Erbauung nicht öfter
als dreymal geschah. Von ihm hat der Januar den Na=
men; und der erste Tag dieses Monats war ihm vorzüg=
lich heilig. Gebildet wurde er mit einem doppelten Gesich=
te; daher seine Beynamen Bifrons, Biceps. Auch heißt
er Patulcius, Consivius, Clusivus und Custos.

II. Rhea oder Cybele.

6. Der gewöhnliche Name der Gattinn und Schwester
Saturns ist Rhea oder Ops; indeß wurde in der Folge die
Geschichte und Verehrung der Cybele mit den Begebenhei=
ten und dem Dienste jener Göttinn so ganz verflochten, daß
man beyde als Eine Person ansah, und diese, obgleich Rhea
eigentlich eine Tochter der Göttinn Erde hieß, für die Gäa
oder Tellus selbst nahm, oft auch in dieser Rücksicht sie
Vesta, und die große Mutter der Götter nannte. Ihr
Ursprung gehört also in das früheste mythische Zeitalter;
und eben dieß ist die Ursache der Verworrenheit ihrer Ge=
schichte.

7. Cybele lebte eigentlich später, und war, der Sage
nach, die Tochter Mäon's, eines phrygischen und lydischen
Königs; oder, nach andrer Angabe, die allegorisch scheint,
eine Tochter Protogonus. Die Erfindung verschiedener
musikalischen Instrumente, und ihre schwärmerische Liebe

zum

zum Atys, einen jungen Phrygier, dessen Tod sie wahnsinnig machte, sind die erheblichsten Umstände ihrer Geschichte. Darin, daß man sich in dieser Göttinn die fruchtbare und bewohnte Erde als Person dachte, scheint der Grund zu liegen, daß man sie als schwangre Frau, und auf ihrem Haupt eine mit Zinnen versehenen Mauerkrone zu bilden pflegte. Oft fährt sie auf einem, von Löwen gezogenen, Wagen; oft ruht sie auch auf einem Löwen.

8. Ihr Dienst war in Phrygien am meisten üblich; und die Feyer ihrer Feste war sehr lärmend, weil ihre Priester, die Korybanten oder Gallen, an denselben mit geräuschvoller Musik und Gesang umherschwärmten. In Griechenland waren die ihr geweihten megalesischen Spiele berühmt. Auch ist die Ueberbringung ihrer Bildsäule nach Rom merkwürdig. S. *LIV*. Hist. L. XXIX. c. 10. 11, 14. VAL. MAX. VIII. 15. *OVID*. Fast. IV. 249.

III. Zevs oder Jupiter.

9. Der höchste und mächtigste unter den Göttern wurde von den Griechen Zevs, von den Römern Jupiter genannt. Er war ein Sohn Saturns und der Rhea, wurde auf der Insel Kreta erzogen, beraubte seinen Vater des Reichs, und theilte dasselbe mit seinen zwey Brüdern so, daß er selbst Himmel und Erde, Neptun das Meer, und Pluto die Unterwelt zum Gebiete erhielt. Die Giganten, Söhne der Erde, machten ihm den Besitz seines Reichs streitig, und versuchten die Ersteigung des Olymp's; Jupiter aber erlegte sie mit dem Donnerkeile, den ihm die Cyklopen geschmiedet hatten.

10. Entrüstet über den Frevel und das äusserste Verderbniß der Menschen, vertilgte er ihr ganzes Geschlecht durch eine allgemeine Ueberschwemmung, in welcher nur

Deu-

Deukalion und Pyrrha allein gerettet wurden. *) Das
Zeitalter derselben fällt ungefähr 1400 Jahre vor C. G.
— Jupiters gewöhnlicher Aufenthalt war der theſſaloniſche
Berg Olympus, den die Dichter, wegen der beſtändigen
Heiterkeit ſeines Gipfels, für den ſchicklichſten Sitz dieſes und
der übrigen höhern Götter hielten.

*) OVID. Metamorph. L. I. v. 260.

11. Seine erſte Gattinn war Metis; die zweyte, und
berühmtere, Juno. Seine Tochter von jener, war Minerva, und ſeine Söhne von dieſer, waren Mars und
Vulkan. Die Fabelgeſchichte, und beſonders die metamor-
phoſiſchen Dichtungen, erzählen auſſerdem viele Liebesver-
ſtändniſſe Jupiters z. B. mit der Europa, Danae, Leda,
Latona, Maja, Alkmene, Semele und Jo. Daher
heißen auch Apoll, Merkur, Herkules, Perſeus, Diana, Proserpina, und ſehr viele andre Götter und Halbgötter, ſeine Kinder; obgleich der Name eines Sohns oder
einer Tochter Jupiters ſehr oft nur als Vorzug und höherer Rang, nicht als eigentliche Geſchlechtsableitung, zu
verſtehen iſt.

12. Seine Verehrung war allgemein verbreitet, und
überall waren ihm Tempel errichtet. Der größte und be-
rühmteſte in Griechenland war der zu Elis, merkwürdig
durch ſeine Pracht, durch die darin befindliche große Bild-
ſäule des Gottes von Phidias, und durch die in deſſen Nähe alle fünf Jahre gefeyerten olympiſchen Spiele. Auch
ſein Orakel in einem Eichenhain bey Dodona iſt denkwür-
dig, und wurde für das älteſte in Griechenland gehalten.
In Rom war ihm das Kapitol vorzüglich geweiht, und er
hatte daſelbſt mehrere Tempel. Seine gewöhnlichſte Bildung iſt auf einem Throne ſitzend; in der Rechten den Donnerkeil, in der Linken ein langes Zepter, oder ein Bild der
Siegsgöttinn. Der ihm geweihte Adler ſteht oft neben
ihm,

ihm, und auf einigen Denkmälern, mit ausgebreiteten Flügeln, zu seinen Füßen.

13. Aus der Menge von Beynamen dieses Gottes, die sich entweder auf seine Thaten, oder auf die Oerter seiner Verehrung beziehen, bemerken wir nur folgende, als die vornehmsten. Die Griechen nannten ihn den Idäischen, Olympischen, Dodonischen Zevs; den Donnerer, Befreyer, u. s. w. (Ζευς Κεραυνιος, Ελευθεριος,) Die Römer *Optimus Maximus; Capitolinus; Stator; Diespiter; Feretrius;* und mit dem Nebenbegrif eines Rächers und Bestrafers, *Vejovis* oder *Vedius.*

IV. Hera, oder Juno.

14. Jupiters Gattinn und Schwester, eine Tochter Saturns und der Rhea, und mit ihm Beherrscherinn der Götter und Menschen, hieß bey den Griechen Hera, bey den Römern Juno. Jene gaben die Insel Samos als den Geburtsort dieser Göttinn an; obgleich ihre Geschichte sowohl als ihr Dienst vielmehr ägyptischen Ursprungs ist. Die Hauptzüge ihres Charakters waren Herrschlust und Eifersucht; und die letztre Leidenschaft wurde durch Jupiters öftere Untreue immer neu angefacht und unterhalten.

15. Folgen dieser Eifersucht waren einige von ihr bewirkte Verwandlungen, z. B. der Kallisto[1]) und Galanthis, [2]) ihre Rache an der Jo[3]) und Semele,[4]) und ihr Widerwille gegen die Trojaner, weil Paris ihr in dem Wettstreite mit der Pallas und Venus den Preis der Schönheit versagt hatte. Doch erregte sie dadurch auch oft den Zorn Jupiters, der sie einmal, nach einer homerischen Erzählung, mit einer goldnen Kette in die Luft hieng. [5]) Irions Liebe gegen sie wurde mit ewiger Marter bestraft.

1) OVID. *Metamorph.* II. 474. 2) Ebend. IX. 317. 3) Ebend. I. 568. 4) Ebend. III. 262. 5) ILIAD. XV. 18. ff.

16. Ih=

16. Ihre gottesdienstliche Verehrung war sehr ausgebreitet, und die Menge ihrer Tempel und Feste sehr groß. Am feyerlichsten war ihr Dienst zu Argos, Samos, Sparta, Mycenä, und Karthago, die sich auch ihres vorzüglichen Schutzes rühmten. Zu Elis weihte man ihr alle fünf Jahre die sogenannten heräischen Spiele. Auch ihr größtes Fest hieß Heräa oder Junonia, und wegen des dabey gewöhnlichen hundertfältigen Opfers, Hekatombäa. Von ihr nannte man auch die weiblichen Schutzgeister bey den Römern Junonen; und die Römerinnen schwuren gewöhnlich bey dieser Göttinn, so, wie die Manner beym Jupiter. Griechen und Römer verehrten in ihr die Schutzgöttinn des Ehestandes. Ihre Tochter war Hebe, die Göttinn der Jugend; und ihre Gesandtinn Iris, die Göttinn des Regenbogens.

17. Die Künstler des Alterthums suchten den stolzen und eifersüchtigen Charakter der Juno auch ihrer Bildung, Stellung, und den ihr beygesellten Attributen mitzutheilen. Unter den letztern ist der Pfau am merkwürdigsten, der ihr heilig, und in manchen Abbildungen ihr zur Seite befindlich war. Auch ihren Wagen ließen sie von zwey Pfauen ziehen. Von den Dichtern wird sie oft Königinn der Götter und Menschen, oft Lucina, als Helferinn der Gebährenden, oft Iygia, Juga, Pronuba, als Stifterin und Beschützerin der Ehen, oft Moneta und Populonia genannt.

V. Poseidon, oder Neptun.

18. Die Götterherrschaft über das Meer und alle Gewässer der Erde war, in der vorhin gedachten Theilung, dem Bruder Jupiters, Poseidon oder Neptun, zugefallen. Eigentlich zwar entstand wohl die Idee eines Gottes der Gewässer aus dem Erstaunen der ersten Erdbewohner über

die Gewalt dieses Elements; und schon früher, als Neptun, wurde Oceanus, ein Sohn des Himmels und der Erde, und Gatte der Thetys, als Meersgott verehrt. Dieser war vermuthlich einer der Titanen, und wurde für den Beherrscher der äußern, die Erde umgebenden Gewässer gehalten: da man hingegen die innern Meere und Flüsse der Erde dem Neptun unterworfen glaubte.

19. Die Gattin des letztern war Amphitrite, eine Tochter des Oceanus und der Doris, die ihm ein Delphin zuführte, der zum Lohn dafür unter die Gestirne versetzt ward. Neptun's vornehmste Söhne, lauter Meersgötter, sind: Triton, Phorkus, Proteus und Vertumnus. Auch Glaukus wird von einigen Mythologen unter seine Söhne gerechnet. Töchter des Nereus und der Doris waren die sogenannten Nereiden, oder Wassernymphen, deren man funfzig zählte. Diese alle gehörten zum Gefolge Neptun's, und waren ihm untergeordnete Gottheiten.

20. Die wichtigsten Thaten und Verdienste, welche die Fabelgeschichte diesem Gotte beylegt, sind: der Beystand den er seinem Bruder Zevs wider die Titanen leistete; seine Erbauung der Mauren und Dämme von Troja: die Schöpfung und Zähmung des ersten Pferdes; die Hervorrufung der Insel Delos aus dem Meere; die Vertilgung des Hippolytus durch ein aus der See gesandtes Ungeheuer. Auch wurde er als Urheber der Erderschütterungen und Ueberschwemmungen gefürchtet, die er mit seinem Dreyjack erregte und stillte.

21. Nicht von den Aegyptern, sondern von den Libyern scheinen die Griechen den Dienst dieses Gottes erhalten zu haben. Vornehmlich verehrte man ihn in den nahe am Meere liegenden Städten, als Beherrscher der Gewässer und der Schifffahrt. So hatte er zu Nisyrus, auf dem korinthi-

B

rinthischen Isthmus, und auf dem Vorgebirge Tänarus, berühmte Tempel. Von denen zu Rom war besonders der in der neunten Region im Ruf, der eine Sammlung von Gemählden des Argonautenzuges enthielt. Pferde und Stiere waren seine üblichsten Opfer. Die Griechen weihten ihm die bekanntesten isthmischen Spiele, und die Römer die circensischen, die auch Konsualia hiessen.

22. Seine Bildung auf den uns übrigen Kunstdenkmälern ist der ihm beygelegten Würde und Herrschaft gemäß, gebietend und majestätisch; doch gewöhnlich mit heiterm, ruhigem Antlitz, selbst wenn er leidenschaftlich vorgestellt wird. (Vergl. Virgil's Aen. I. 128. ff.) In der Hand hält er gemeiniglich den Dreyzack, oder vielmehr einen längern antiken Zepter, mit einer dreyfachen Spitze, mit dem er Erdbeben und Fluthen erregte, und den er bey ihrer Stillung von sich legte. Oft wird er auf dem Wasser daher fahrend, in einem von Delphinen gezogenen Wagen beschrieben und gebildet, mit seinem Gefolge umringt. *) Von seinen vielen Benennungen bemerken wir nur folgende: Asphalion, Sisichthon, Hippius, Stabilitor, und Konsus.

*) S. HOMER. *Iliad.* XIII. 23. VIRGIL. *Aen.* I. 155. STAT. *Achill.* I. 60.

VI. Pluto und Persephone oder Proserpina.

23. Pluton, oder Pluto, ein zweyter Bruder Jupiters, erhielt das Reich der Unterwelt zu seinem Antheil. Unter diesem Begriffe dachte sich das Alterthum die tiefsten unterirdischen Gegenden, und selbst bekannte, aber öde und abgelegne Länder der Erde hielt man für den Eingang oder Pfad zur Unterwelt. Daher auch die Dichtung, daß die griechischen Flüsse, Acheron, Styx, Kocytus und Phlegeton,

ton, Höllenflüsse wären. Dieß unterirdische Gebiete hielt
man nun für den Aufenthalt der abgeschiedenen Seelen,
wo ihr moralisches Verhalten auf Erden, nach dem Tode
belohnt oder bestraft würde. Der belohnende Aufenthalt
hieß Elysium; der bestrafende Tartarus.*)

*) Vergl. VIRGIL. *Aen.* VI. 637. TIBULL. L. I. El. 3,
v, 57. C.

24. Es giebt in der Geschichte dieses Gottes wenig
merkwürdige Umstände, ausser dem Raube der Persephone
oder Proserpina, die dadurch seine Gemahlinn und Mitbe-
herrscherinn der Unterwelt wurde. Sie war eine Tochter
Jupiters und der Ceres. Die Umstände ihrer Entführung
sind vom Klaudian[1]) und Ovid[2]) ausführlich und dich-
terisch erzählt, und gaben den Künstlern des Alterthums öf-
tern Stof zu bildlichen Vorstellungen.[3])

1) *De Raptu Proserpinae* Libri III. 2) *Metamorph.* V. 341.
ff. 3) S. *Montfaucon*, Ant. Expl. T. I. tab. 37 — 41.

25. Pluto selbst wird sowohl von Dichtern als Künstlern furchtbar, drohend, und unerbittlich dargestellt. Diese bilden ihn gewöhnlich auf einem Throne sitzend, ein zwey-
zackiges Zepter, oder einen Schlüssel in der Hand. Die
Vorstellung, die ihm statt der Krone einen Scheffel zum Hauptschmuck giebt, ist ägyptisch, und von der Bildung des Se-
rapis entlehnt.

26. Verehrt wurde er überall, am feyerlichsten aber
in Böotien, vornehmlich zu Koronea; auch war zu Pylos sein
Tempel berühmt. Ihm weiheten sich die römischen Gla-
diatoren. Die Opfer, die man ihm brachte, waren gewöhnlich von schwarzer Farbe. Seine vornehmsten Beynamen waren: Zevs Stigius, Soranus, Summanus,
Februus.

27. Unter der Aufsicht des Pluto starben die drey
Höllenrichter: Minos, Aeakus und Rhadamanthus,

die

die das Schicksal der in der Unterwelt ankommenden, vom Charon hinübergeführten Schatten entschieden, und worunter der erste der vornehmste war. Alle drey sind Söhne Jupiters, und kommen in der griechischen Geschichte als wirkliche Personen vor. — Am Eingange des Schattenreichs, im Vorhofe Pluto's, lag der Cerberus, ein dreyköpfiger Hund, um die Rückkehr in die Oberwelt zu verwehren. Unter den Bestraften im Tartarus sind Ixion, Sisyphus, Tityus, Phlegyas, Tantalus, die Danaiden und Aloiden am merkwürdigsten.

VII. Apollo oder Phöbus.

28. Eine der frühesten und verzeihlichsten Arten des Götzendienstes war die Anbetung der Gestirne, und unter diesen vorzüglich die Sonne, deren Glanz, Licht, Wärme und wohlthätigen Einfluß in die ganze Natur man für übernatürliche und selbstständige göttliche Kraft hielt. Daher die frühe Personificirung dieses Himmelskörpers, bey den Aegyptern als Horus, bey den Persern als Mithras, bey den Griechen und Römern als Phöbus oder Apollo; obgleich beyde Völker oft ihren Helios und Sol als eine eigne Gottheit unterschieden, und in die Geschichte Apolls manche Umstände hineinbrachten, die auf seinen Charakter als Gott und Regierer des Sonnenlichts keine Beziehung haben.

29. Beyden war Apoll ein Sohn Jupiters und der Latona, auf der Insel Delos gebohren; ein Gott der Musen, der Wissenschaften und Künste, besonders der Dichtkunst, Tonkunst, und Arzneykunde. Zugleich legten sie ihm die größte Fertigkeit im Bogenschießen bey, die er vornehmlich zur Erlegung der Schlange Python, der Kinder der Niobe, und der Cyklopen anwandte. Zwar beraubte ihn diese letztere That der Gunst Jupiters, der ihn auf einige Zeit aus dem Olymp verbannte, während welcher er sich als

Hirt

Hirt bey dem arkadischen Könige Admet aufhielt, [1]) und die Mauren von Troja durch die Ermunterungen seiner Leyer und seines Gesanges errichten half. Auch setzt man in diese Zeit seiner Entäusserung seinen musikalischen Wettstreit mit dem Pan und Marsyas.[2])

1) Vergl. OVID. *Metam.* II. 680. 2) Ebend. X. 146. VI. 382.

30. Andre erheblichere Umstände in Apoll's Geschichte sind: seine Liebe zur Daphne, und ihre Verwandlung in einen Lorbeerbaum;[1]) Klytiens Liebe zu ihm, und ihre Verwandlung in eine Sonnenblume;[2]) seine Freundschaft mit dem Hyacinthus, dessen durch Apoll's Unvorsichtigkeit veranlaßter Tod, und Verwandlung in die Blume gleiches Namens,[3]) so wie des Cyparissus in einen nach ihm benannten Baum;[4]) die unbesonnene Bitte seines Sohns, des Phaeton, ihn auf einen Tag den Sonnenwagen führen zu lassen, und der unglückliche Erfolg dieses Unternehmens.[5])

1) OVID. *Metam.* I. 452. 2) Ebend. IV. 169. 3) X. 162. 4) X. 106. 5) II. 1.

31. Seine Anbetung und Verehrung war sowohl bey den Griechen als Römern sehr feyerlich und allgemein. Am berühmtesten war sein Tempel zu Delphi, und das damit verbundene im Alterthum so berühmte Orakel; nächst ihm der zu Argos, und der zu Rom auf dem palatinischen Berge, vom August erbauet. Die Griechen feyerten ihm die schon gedachten pythischen, und die Römer die säkularischen Spiele. Der Lorbeerbaum, der Oelbaum, die Wölfe, Hirsche, Hähne und Heuschrecken waren ihm heilig.

32. Dichtern und Künstlern war die Bildung dieses Gottes das höchste Ideal männlicher Jugend und Schönheit, des schlankesten und doch festen Körperbaus, und einer immerwährenden heitern Jugend. So, und mit langem lo-

ckigen

ckigen Haupthaar, vom Lorbeer umkränzt, in der Hand die
Leyer oder den Bogen, und im letztern Fall den Köcher auf
dem Rücken, unbekleidet, oder doch nur im leichten Gewan=
de, wird er uns noch in vielen antiken Denkmälern darge=
stellt, unter welchen die marmorne Bildsäule des vatika=
nischen Apolls, im Belvedere zu Rom, die berühmteste
ist. *) — Seine gewöhnlichsten Namen sind, ausser den
angeführten: Delius, Pythius, Cynthius, Cymbräus,
Patareus, Nomius, Smintheus.

*) Vergl. TIBVLL. L. III El. 4. v. 27. ff. — Winkel=
manns Gesch. der Kunst des Alterth. S. 392. Uebers. des
Spence, Th. 1. S. 287.

VIII. Artemis oder Diana.

33. Zugleich mit dem Apoll wurde Artemis, oder
Diana, von der Latona auf der Insel Delos geboren, und
war also gleichfalls eine Tochter Jupiters; und so wie man
sich im Apoll die Gottheit der Sonne dachte, so verehrte
man sie als Mond, oder Göttin des Mondes, (Selene,
Luna;) zugleich aber auch als Göttin der Jagd, die schon
in der ersten Jugend ihre Hauptneigung war. Jupiter be=
schenkte sie daher mit Pfeilen und Bogen, und gab ihr ein
Gefolge von sechszig Nymphen.

34. Von ihm erhielt sie auch die Gewährung der Bit=
te, beständig ehelos zu leben, und wurde dadurch Göttin
der Keuschheit und der unsträflichen Jugend. Daher ihr
Zorn wider das Vergehen einer ihrer Nymphen, Kallisto,[1]
und die Verwandlung des Aktäon in einen Hirsch.[2] Der
einzige, für den ihr Herz nicht gleichgültig blieb, war der
Hirt oder Jäger Endymion. Die Töchter der Niobe
und die Nymphe Chione erlegte sie mit ihren Pfeilen, aus
Eifersucht auf ihre Schönheit und den Götterrang ihrer
Mutter.[3]

1) OVID.

1) OVID. *Metam.* II. 464. 2) Ebend. III. 206. 3) XI. 321. VI. 148. (Hieben von der berühmten florentinischen Gruppe der Niobe.) S. *Montfaucon*, T. I. tab. 55.

35. Nirgend war der Dienst dieser Göttin so feyerlich und so berühmt, als zu Ephesus, und nirgend hatte sie einen reichern, prächtigern Tempel. Ausserdem war der auf dem taurischen Chersones der bekannteste, besonders durch die Geschichte Orest's und Iphigeniens. Der ansehnlichste Dianentempel in Rom war vom Servius Tullius auf dem aventinischen Berge errichtet. Hier heiligte man auch ihr, samt dem Apoll, das säkularische Fest, und verehrte sie vornehmlich als Lucina, oder Helferinn gebährender Mütter. In dieser Beziehung hieß sie auch bey den Griechen und Römern Ilithyia; und sonst noch: Phoebe, Cynthia, Delia, Hekate, Diktynna, Agrotera, und Triformis.

36. Als Jagdgöttin stellt die Kunst ihre Bildung sehr schlank und behende dar, mit einem leichten, kurzen, oft fliegenden Gewande, mit Bogen und Köcher; allein, oder von ihren Nymphen begleitet, oft mit einem Jagdhunde neben ihr, oft fahrend, und von weißen Hirschen gezogen. Als Göttin des Mondes und der Nacht, bildete man sie im langen Gewande, und mit einem großen gestirnten Schleyer, oft auch mit einer Fackel in der Hand, und einem emporstehenden Halbmonde auf dem Haupte. Auch von der ägyptischen Kunst und der griechischen Nachahmung dieser Manier, sind uns Abbildungen der ephesischen Diana übrig, mit häufigen Brüsten überdeckt, und der Abbildung der Isis sehr ähnlich.

IX. Pallas oder Minerva.

37. Die Idee des weisesten und höchsten Verstandes verwandelte die Fabellehre des Alterthums in eine Person

B 4

und

und Gottheit, die bey den Griechen Pallas und Athene, bey den Römern Minerva hieß. Sie war eine Tochter Jupiters, aus seinem Haupte geboren. Man erzog sie am See Triton in Afrika; daher ihr ebenfalls gewöhnlicher Name Tritonia.

38. Von den Griechen wurde dieser Göttin die Erfindung vieler Künste und Fertigkeiten[1]) beygelegt, die in die Verbesserung ihrer Staaten großen Einfluß gehabt hatten. Sie sah man als erste Erfinderin der Flöte, des Oelbaums, des Spinnens und Wirkens, und verschiedener Kriegsrüstungen, kurz der meisten Wirkungen eines vorzüglichen Verstandes an. Arachne's Wettstreit mit ihr in Verfertigung eines Gewebes, und jener darauf erfolgte Verzweiflung und Verwandlung, wird von Ovid sehr schön erzählt.[2])

1) S. OVID. Fastor, III. 816. 2) Metam. VI. 5.

39. Ganz Athen war dieser Göttin geweiht, und hatte von ihr den Namen erhalten; ihr dortiger prächtiger Tempel hieß Parthenon. Andre Tempel hatte sie zu Erythrä, Tegea und Sunium; und verschiedene zu Rom. Ihr berühmtestes griechisches Fest waren die größern und kleinern Panathenäen, und ihr römisches, die Quinquatrien, an welchen beyden Wettstreite gehalten wurden. Die Eule war ihr eigenthümlich geweiht, und findet sich oft auf ihren Abbildungen.

40. Die Kunst bildet sie gewöhnlich in kriegerischer Rüstung, den Helm auf dem Haupte, mit der Aegide, oder dem ihr eignen Brustharnisch, worauf der Medusenkopf befindlich ist, und ein Spieß, oft auch einen Schild, in der Hand. Die Eule ist der gewöhnliche Schmuck ihres Helms, ob dieser gleich sehr verschieden gestaltet vorkommt. Im Alterthum war sowohl die Bildsäule des Phidias, als das Palladium, sehr berühmt; jene wegen ihrer herrlichen

lichen Kunst, dieses wegen des darauf gesetzten abergläubi-
schen Vertrauens der Trojaner, Griechen und Römer.*)
— Ausser den schon angeführten Namen, heißt sie auch
oft: Parthenos, Ergane, Polias, Sthenias, Glau-
kopis oder Cäsia.

*) Vergl. VIRGIL. Aen. II. 162.

X. Ares oder Mars.

41. Dieser Gott des Krieges und der Schlachten war
ein Sohn Jupiters und der Juno, und wurde in Thrazien
erzogen. Ihm wird die Erfindung der Kriegskunst beygelegt,
und man dachte sich ihn als einen feurigen, muthvollen
Krieger, der den Verlauf und Ausgang der Gefechte und
Schlachten nach Gefallen lenkte.

42. Ungeachtet des hohen Begrifs aber, den auch
Homer von der Stärke und dem Heldenmuthe dieses Gottes hatte, läßt er ihn doch in dem Kriege vor Troja, woran
er persönlich Antheil nahm, vom Otus und Ephialtes gefan-
gen nehmen, und, wiewohl mit Hülfe der Minerva, vom
Diomedes verwunden.*) — Ausserdem ist sein Liebesver-
ständniß mit der Venus, und sein Zwist mit dem Neptun,
über dessen getödteten Sohn, Halirhotius, fast alles, was
in seiner mythischen Geschichte merkwürdig ist.

*) HOM. Iliad. V. 385-855.

43. Am meisten wurde Mars in Thrazien verehrt;
doch hatte er auch Tempel und Priester in mehrern griechischen Städten. Die Römer sahen ihn als Vater des Romulus, und deswegen als Stifter und Schutzgott ihres
Volks an, errichteten ihm mehrere Tempel, weihten ihm einen großen offnen Platz, (campus Martius) und einen
Orden besondrer Priester, die Salier, die sein Fest mit
Tanz und Gesang in feyerlichen Umgängen feyerten.*)

*) LIV. L. 20. — OVID. Fast. III. 259. ff.

44. Die

44. Die Künstler des Alterthums bildeten den Mars allemal in einer vollkommenen männlichen Jugend, und gemelniglich mehr ruhig und gefaßt, als in heftiger Leidenschaft. Gewöhnlich ist er in kriegerischer Rüstung; zuweilen auch unbekleidet; zuweilen fortschreitend, als Mars Gradivus. Sonst heißt er auch: Odrysius, Strymonius, Enyalius, Thurius, Quirinus.

XI. Aphrodite oder Venus.

45. Der Begrif der höchsten weiblichen Schönheit und der dadurch erregten Liebe ward zur Personendichtung einer Göttin von beyden, die bey den Griechen Aphrodite, und bey den Römern Venus hieß. Der gewöhnlichen Erzählung nach wurde sie aus dem Schaume des Meers geboren; beym Homer hingegen heißt sie eine Tochter Jupiters und der Diane. Nach ihrer Geburt kam sie zuerst nach Cythere, und von da nach Cypern.

46. Viele Götter warben um sie; der einzige Glückliche, der sie zur Gattin erhielt, war Vulkan. Außer ihm aber liebte sie auch den Mars, Merkur, und mit größter, aber unerwiederter Zärtlichkeit den Adonis, dessen frühen Tod sie untröstbar beklagte.*) — Ueber den Vorzug ihrer Schönheit hatte sie einen Wettstreit mit der Juno und Pallas, den Paris zum Vortheil der Venus entschied. Daher auch in der Folge ihre dankbare und beschützende Zuneigung gegen die Trojaner.

*) Vergl. Bion's Idyll: das Grabmal des Adonis, und OVID. Metam. X. 560.

47. Die vornehmsten Oerter ihrer Verehrung waren auf der, ihr ganz geweihten, Insel Cypern, die Städte: Golgi, Paphos und Amathunt; dann auch Cythere, Knidos, und Eryx in Sicilien, lauter Oerter, die nah

am

am Meer und in der reizendsten Gegend lagen. Auch in
Rom wurde sie als vorgebliche Mutter des Aeneas, dieses
Ahnherrn der Römer, eifrig verehrt, obgleich ihr Dienst erst
im sechsten Jahrhunderte der Stadt aus Sicilien zu ihnen
kam. Die Tauben, Myrthen und Rosen waren dieser Göttin der Liebe vorzüglich geweiht.

48. Sowohl die Dichter als die Künstler des Alterthums haben in der Beschreibung und Darstellung der Venus das höchste, reizendste Ideal weiblicher Schönheit aus-
zudrücken gesucht. Die berühmteste antike Statue von ihr
ist die herrliche mediceische Venus zu Florenz. Sonst gab
man ihr als Venus Urania, Marina, Victrix, u. s. f.
mehrerley Bildungen, Beywerke und Attribute.*) Auf-
serdem heißt sie noch: Erycina, Anadyomene, Paphia,
Idalia.

*) S. Heyne's Abhandlung über die Vorstellungsarten der
Venus, in s. Samml. antiquar. Aufsätze, I. 115.

49. Der Sohn dieser Göttin, Eros, Amor oder
Kupido, war ihr gewöhnlicher Gefährte, und Gott der
Liebe, die er durch Pfeil und Bogen erregte. Gemeiniglich
wird er mit diesen Attributen, oft auch mit einer brennenden Fackel in der Hand, und überhaupt häufig und verschiedentlich gebildet. Auch giebt es mehrere Gespielen von ihm,
Amoretten, oder Liebesgötter. In der Geschichte Amors
ist seine und Psyche's Liebe der merkwürdigste Umstand und
eine der glücklichsten Allegorien des Alterthums. Der Gott
der Gegenliebe hieß bey den Griechen Anteros.

XII. Hephästos oder Vulkan.

50. Gleich den Gestirnen, erregten auch die Elemente
die Bewunderung des ersten, von ihrer Natur noch wenig
unterrichteten Menschengeschlechts; auch sie wurden, wie
jene

jene vergöttert. Von der Anbetung des Feuers findet man
schon Spuren bey den ältesten Völkern. Die Aegypter hatten einen eignen Gott desselben, und von ihnen erhielten
auch die Griechen die Verehrung ihres Hephästos, der bey
den Römern Vulkan hieß. Die Fabel nennt ihn einen Sohn
Jupiters und der Juno. Wegen seiner ungestalten Bildung verstieß ihn diese seine Mutter aus dem Olymp. Nach
einer andern Erzählung schleuderte ihn Jupiter, erzürnt über
den Beystand, den er der Juno wider ihn leisten wollte,
auf die Erde hinab; er fiel auf die Insel Lemnos, die hernach sein vorzüglicher Aufenthalt war, und wurde von diesem
Falle hinkend.

51. Ihm legte man die Erfindung aller der Künste bey,
die sich, durch Hülfe des ihm unterwürfigen Feuers, mit
Schmelzung und Bearbeitung der Metalle beschäftigen.
Seine, ihm untergeordneten, Gehülfen in diesen Arbeiten
waren die Cyklopen, deren Aufenthalt gleichfalls die Insel
Lemnos war, und deren gewöhnlich drey, Brontes, He-
ropes und Pyrakmon, genannt werden. Seine Werk-
stätte waren der feuerspeyende Aetna, und Lipara, eine
der nach ihm benannten vulkanischen oder äolischen Inseln.

52. Werke von vorzüglicher Kunst, oder von wunder-
voller Stärke, besonders wenn sie aus Gold, Silber oder
Erz verfertigt waren, wurden von den Dichtern des Alterthums Meisterwerke Vulkan's genannt. Dahin gehören:
der Pallast des Phöbus,[1] des Mars[2] und der Venus;[3] der goldne Sessel der Juno;[4] die Donnerkeile
Jupiters;[5] die Krone der Ariadne;[6] die Waffen des
Achill[7] und Aeneas;[8] u. a. m.

[1] OVID. Metam. II. 1. [2] STAT. Theb. VII. 38. [3]
   CLAVDIAN. Epithal. Honor. et Mariae, v. 58. [4] PAV-
   SAN. Att. c. 20. Lacon. c. 17. OVID. Metam. I. 259.
   [6] OVID. Fast. III. 513. [7] HOM. Iliad. XVIII. 462.
   [8] VIRG. Aen. VIII. 383.

53. Seine Gattin war Venus, nachdem Minerva seine Hand ausgeschlagen hatte; und seine, oder des Meers und der Venus, Tochter war Harmonia. Auch die Riesen Kakus und Cäculus heißen seine Söhne. — Verehrt wurde er vornehmlich in den schon genannten Inseln und Städten; und in Rom feyerte man ihm die Vulkanalien. — Gebildet wurde er gewöhnlich als mit seiner Arbeit beschäftigt, oder doch mit Hammer und Zange in den Händen; öfter stehend als sitzend. In keinem von den noch übrigen Denkmälern ist seine Lähmung oder sein Hinken angedeutet, ob es gleich Statuen dieser Art bey den Alten gab. *) — Andre ihm ertheilte Benennungen sind: Amphigyeis, Kullopodion, Lemnius, Mulciber.

*) S. Cic. de nat. deor. I, 30.

XIII. Hermes oder Merkur.

54. Auch den Dienst dieses Gottes erhielten die Griechen ursprünglich von den Aegyptern, deren Hermes Trismegistus in der frühern Geschichte dieser Nation so berühmt ist. Nach der griechischen und römischen Fabellehre war Hermes oder Merkur ein Sohn Jupiters und der Maja, und diese letztere eine Tochter des Atlas, die Jupiter in der Höle Cyllene in Arkadien fand, und hernach mit ihren sechs Schwestern unter die Sterne versetzte, wo sie das Siebengestirn ausmachten, und von ihrer Mutter Pleione die Plejaden hießen.

55. Schlaue List und Behendigkeit waren die vornehmsten Eigenschaften dieses Gottes, die er schon in seiner frühen Kindheit und nicht immer auf die erlaubteste Art äußerte, wie man aus den von ihm erzählten Ränken, und aus dem Umstande sieht, daß er nicht nur für einen Gott der Kaufmannschaft, sondern selbst des Diebstahls gehalten wurde, welchen man in jenen frühern Zeiten für kein Verbre-

brechen, sondern für einen Beweis größerer Macht und Klug=
heit zu nehmen gewohnt war. Merkur raubte die Rinder
Admet's, die Apoll hütete, Apoll's Pfeile, den Gürtel
der Venus, die Zange Vulkans u. s. f. Durch seine Flöte
wurde selbst der Wächter der Jo, der hundertäugige Ar=
gus, eingeschläfert.*)

*) OVID. Metam. I. 568.

56. Das vornehmste Mittel zur Ausführung seiner
schlauen Entwürfe, war seine Beredsamkeit, die ihm im
vorzüglichen Grade beygelegt wird. Auch erfand er die Ci=
ther, und schenkte sie dem Apoll, der ihm dafür die Gabe
der Weissagung und den Heroldsstab oder Kaduceus gab,
dessen Entstehung verschiedentlich erzählt wird, dessen Kraft
sich hauptsächlich in Besänftigung der Leidenschaften und
Schlichtung der Zwistigkeiten wirksam bewies, den er auch
als Bote und Herold der Götter trug, womit er Träume
erregte, und die Schatten in die Unterwelt hinabführte.
Denn sowohl im Olymp, als auf der Erde, und im Schat=
tenreiche war er geschäftig.

57. Gewöhnlich wird er mit diesem Stabe, den zwey
Schlangen umwinden, als schlanker Jüngling, fast immer
in Bewegung, fliegend oder forteilend, auf dem Haupte ei=
nen geflügelten Petasus, und Fittige an den Fersen, gebildet.
Oft hält er auch einen Geldbeutel in der Hand; seltner eine
Wage. Ursprünglich waren die sogenannten Hermen, oder
Bildsäulen, an denen nur Kopf oder Bruststück ausgearbei=
tet, und deren übriger unterer Theil viereckige oder spitz
zulaufende Säule ist, Bildnisse Merkur's, und Werke der
noch unvollkommenen Kunst, die aber in der Folge beybe=
halten, und auch zur Vorstellung anderer Gottheiten und
denkwürdiger Menschen häufig gebraucht wurden.

58. Seine Verehrung war bey den Aegyptern, Grie=
chen und Römern sehr allgemein, und man weihte ihm viele
Tem=

Tempel; zu Rom auch ein besonderes Fest zur Sühnung der Handelsleute. Unter den Thieren war ihm der Hahn heilig, der auch als Attribut auf seinen Abbildungen vorkömmt. Seine gangbarsten Beynamen sind: Cyllenius, Atlantiades, Agoräus, Ales, Caducifer.

XIV. Dionysos oder Bacchus.

59. Sowohl die Griechen als Römer verehrten den Gott und Erfinder des Weins unter dem Namen Bacchus; jene nannten ihn auch sehr oft Dionysos. Beyden war er ein Sohn Jupiters und der Semele, einer Tochter des Kadmus, der Jupiter einst, auf ihr Verlangen, im vollen Glanze seiner Gottheit erschien, dessen Feuer sie tödtete.*) Jupiter rettete ihren damals noch nicht gebornen Sohn, und trug ihn, bis zur völligen Zeitigung, in seiner Hüfte. Daher heißt Bacchus oft bey den Dichtern der Zweymalgeborne, Dithyrambus; eine Benennung, die in der Folge auch den bey seinen Festen gesungenen Oden gegeben wurde.

*) OVID. *Metam.* III. 260.

60. Das Alterthum legt dem Bacchus mannichfaltige Verdienste bey, und erzählt von ihm, während seines Erdenlebens, eine Menge rühmlicher Thaten. Besonders machte er sich um die Sittenverbesserung, Gesetzgebung, und Verbreitung des Handels verdient, erfand den Weinbau und die Bienenzucht, und verherrlichte sich, auf seinen Heerzügen, vornehmlich in Indien, durch Eroberungen und Siege. Ueberall wurde er, außer in Scythien, als Gott und Wunderthäter verehrt. So bewies er z. B. seine Wunderkraft an dem phrygischen Könige Midas, der ihm den aus seinem Gefolge verlornen Silen wieder zuführte, und dem er dafür die Gabe ertheilte, alles, was er berührte, in Gold zu verwandeln.*)

*) OVID. *Metam.* XI. 85.

61, Ein

61. Einzelne merkwürdige Umstände seiner Geschichte sind: seine Verwandlung tyrrhenischer Seeräuber in Delphine;[1] sein Aufenthalt auf der Insel Naxos, wo er die vom Theseus verlassene Ariadne fand, sich mit ihr vermählte, sie aber gleichfalls verließ, und nach ihrem Tode ihre Krone unter die Sterne versetzte;[2] seine Hinabfahrt zur Hölle, um seine Mutter, Semele, aus der Unterwelt in den Olymp hinauf zu führen, wo sie vergöttert und Thyone genannt wurde.

1) OVID. *Metam.* III. 597. 2) OVID. *Fast.* III. 459. 513.

62. Sein Dienst war einer der allgemeinsten sowohl in Griechenland, als im römischen Gebiete. Die Minyaden, Pentheus und Lykurg, die daran nicht Theil nehmen wollten, wurden am Leben darüber bestraft. Theben, Nysa, der Berg Cithäron, Naxos und Bassara waren durch seine Feste berühmt. Unter diesen waren die Trieterika und die Dionysiaka oder Bacchanalien, die vornehmsten, bey welchen man seine Heerzüge nachahmte, aber gar bald in Wildheit und Ausschweifungen ausartete. Sie wurden daher im römischen Gebiete im Jahr der Stadt 566 völlig abgeschaft.*) Uebrigens war ihm der Weinstock und Epheu unter den Pflanzen, und der Panther unter den Thieren, besonders heilig. Zum Opfer schlachtete man ihm gewöhnlich Böcke, weil diese dem Weinstocke am schädlichsten sind.

*) S. LIV. *Hist. Rom.* XXXIX. 8—18.

63. Die antike Bildung des Bacchus ist weit edler, als die so sehr herabgewürdigte, die manche neuere Künstler ihm zu geben pflegen. Bacchus war den Dichtern und Künstlern des Alterthums ein schöner, reizender Knabe, an der Gränze des Jünglingsalters, voller und weiblicher gebildet, als Merkur und Apoll; heiter, und ewig jung. Von keinem

nem Gotte giebt es mehrere und mannichfaltigere Abbildungen in Statuen, auf Basreliefs und Gemmen, als von ihm,
seinem Gefolge, den *Bacchanten* und *Bacchantinnen*,
und seinen Festen, den *Bacchanalen*.¹) — Namen dieses Gottes sind noch: *Lyäus*, *Thyonäus*, *Evan*, *Nyk-
telius*, *Bassareus*, *Thriambus*, *Liber*, und *Thyr-
siger*.²)

1) S MONTFAUCON, *Ant. Expl.* T. I. tab. 142 — 167.
2) Vergl. OVID. *Metam.* IV. 11. ff.

XV. Demeter oder Ceres.

64. Noch wichtiger und wohlthätiger für das mensch-
liche Geschlecht, als die Pflanzung des Weinstocks, war der
Ackerbau, die früheste und allgemeinste Beschäftigung der ersten Menschen. Sowohl die Anerkennung dieser Wohlthä-
tigkeit, als die Bewunderung der fruchtbaren Natur, veranlaßte die Einführung einer besondern Gottheit, der man
die Erfindung und Verbreitung des Ackerbaues zuschrieb,
deren gewöhnlichster Name bey den Griechen *Demeter*,
bey den Römern *Ceres* war, und die man für eine der
ältesten Göttinnen ansah. Sie heißt daher eine Tochter
Saturn's, und eine Schwester Jupiters. Sicilien, eines der fruchtbarsten Länder, und in demselben die Gegend
der Stadt *Enna* wurde für ihr Vaterland gehalten.

65. In dieser Gegend, erzählt man, verbreitete sie zuerst den Anbau der Feldfrüchte und des Getraides, und un-
terrichtete die Menschen in allen dazu gehörigen Beschäftigun-
gen. Ausserdem wird ihr auch Gesetzgebung und Anordnung
der bürgerlichen Gesellschaft zugeschrieben. In der Folge
theilte sie diese ihre Wohlthaten mehrern Ländern mit; und
vornehmlich rühmte sich das attische Gebiete ihres Schutzes
und ihrer Belehrung im Feldbau und im Gebrauch des Pflu-

C   ges.

ges. Den Triptolemus gesellte sie sich auf dieser wohlthätigen Reise als Gefährten zu, und erwarb dadurch auch ihm
den Götterrang.

66. Der Raub ihrer Tochter, der Proserpina, durch
den Pluto, ist schon oben in der Geschichte dieses Gottes,
(§. 24.) erwähnt. Ceres suchte sie, mit brennender Fackel,
überall auf, und verbreitete, der Fabel nach, auch bey dieser Gelegenheit überall Ackerbau und Sittenverbesserung.
Endlich entdeckte sie es, daß Pluto ihre Tochter in die
Unterwelt geführt hatte, bat den Jupiter um ihre Befreyung, und erhielt die Gewährung dieser Bitte mit der
Bedingung, wenn Proserpina noch keine Frucht der Unterwelt gekostet hätte. Allein, sie hatte schon einen Gra-
natapfel genossen, und erhielt daher nur auf die Hälf-
te jedes Jahrs die Erlaubniß, in die Oberwelt zurück-
zukehren.

67. Ausserdem gehören zur Geschichte der Ceres noch
folgende mythologische Umstände: ihre Verwandlung in ein
Pferd und in eine der Furien, um den Nachstellungen
Neptun's zu entgehen; die durch sie veranstaltete Verwandlung des Lynkus in einen Luchs; [1]) und die Stra-
fe, die sie dem Erisichthon, der einen ihr heiligen Wald
verletzt hatte, in dem unersättlichsten Hunger zuschickte, [2])
der ihn zuletzt dahin brachte, sich selbst zu verzehren.

[1]) OVID. Metam. V. 649.   [2]) ID. Metam. VIII, 738.
Cf. CALLIMACHI Hymn. in Cer. v. 62.

68. Eins der berühmtesten Feste dieser Göttin waren
die sogenannten Thesmophorien, die man zu Athen, zum
Andenken ihrer Gesetzgebung, sehr feyerlich begieng. Noch
berühmter und feyerlicher aber waren die ihr gleichfalls ge-
heiligten eleusinischen Geheimnisse, die in kleinere und
größere getheilt wurden. Jene feyerte man jährlich, diese
nur

nur alle fünf Jahr. Ausserdem widmeten ihr die Griechen und Römer verschiedene Feste vor und nach der Erndte, wohin bey jenen die Proerosia und Aloa, und bey den letztern die Cerealien und Ambarvalien gehörten. — Gewöhnliche Attribute ihrer Bildung sind Kornähren und Feldfrüchte, auch ist der Mohn ihr üblichster Hauptschmuck. Oft wird sie auch mit der Fackel, in der Hand gebildet, um dadurch ihr Aufsuchen der Proserpina anzudeuten. Ausser ihren gewöhnlichen Namen, heißt sie auch zuweilen Thesmophoros, Sito, Deo oder Dio, Eleusinia, Erinnys, u. s. f.

XVI. Hestia oder Vesta.

69. In der griechischen und römischen Götterlehre wurde der persönliche Begrif von der Erde, als einer Göttin, verschiedentlich abgeändert und vervielfältigt. Ausser der allgemeinen Gottheit, Gäa, Titonia, oder Tellus dachte man sich unter der Cybele hauptsächlich die bevölkerte und bebauete, unter der Ceres die fruchttragende, und unter der Hestia oder Vesta die vom innern Feuer durchwärmte Erde, und zugleich eine Göttin häuslicher Glückseligkeit und bürgerlicher Eintracht. Man nannte sie eine Tochter Saturns und der Rhea, und schrieb ihr den ersten Unterricht der Menschen im Gebrauch des Feuers zu. Jupiter gewährte ihr den Wunsch eines beständigen ehelosen Lebens, und die Erstlinge aller Opfer.

70. Auch die Einführung häuslicher Wohnungen sah man als ein Geschenk dieser Göttin an, und errichtete ihr daher gewöhnlich im mittlern Theile jedes Hauses Altäre: auch in den sogenannten Prytaneen, welche gewöhnlich in der Mitte der griechischen Städte erbaut wurden, und worunter das zu Athen das berühmteste war. Tem-

C 2   pel

pel wurden ihr seltner errichtet. Man bildete sie im langen Gewande und mit verschleyertem Gesichte, eine Lampe, oder ein Opfergefäß in der Hand. Häufiger, als sie selbst, sind ihre Priesterinnen, auf gleiche Art, abgebildet.

71. Diese Priesterinnen, die man Vestalinnen nannte, waren bey den Griechen Witwen; weit angesehener aber war ihr Orden in Rom, weil die Mutter des Romulus zu demselben gehört hatte; wiewohl Numa erst der eigentliche Stifter ihrer feyerlichen Gebräuche war. Von ihm wurde ihre Zahl auf vier, und vom Tarquinius Priskus auf sechs festgesetzt. Man wählte dazu lauter junge Mädchen, nicht über zehn Jahr alt, die man auf dreyßig Jahre zu diesem Dienste verpflichtet, dessen Hauptgeschäfte die Bewahrung des immer brennenden heiligen Feuers der Vesta war. Für ihre strenge Eingezogenheit wurden sie durch verschiedene Vorrechte, und durch den Rang einer vorzüglichen Heiligkeit entschädigt.

II. Grie-

II.

Griechische und römische Gottheiten von geringerm Range.

―――

1. Uranos oder Coelus.

72. Ob man gleich diesen Gott für den ältesten unter allen, und für den Vater Saturns, hielt; so war doch seine Verehrung weder bey den Griechen noch Römern sehr erheblich. Seine Gattin war Titäa oder Gäa, die Göttin Erde, mit welcher er die Titanen, Cyklopen und Giganten zeugte. Aus Furcht, von diesen seinen Söhnen des Reichs beraubt zu werden, warf er sie alle in den Tartarus, woraus sie aber durch Hülfe Saturn's befreyt wurden, der sich seines Throns bemächtigte. Auch Venus und die Furien hießen seine Töchter.

73. Wahrscheinlich hat die Dichtung dieses Gottes in der alten Völkergeschichte ihren Grund. Uranus soll, nach Diodor's Zeugniß,*) der erste König der Atlantier, Stifter ihres gesitteten Lebens, und Urheber vieler nützlichen Erfindungen gewesen seyn. Unter andern war er, der Sage nach, auch ein fleißiger Beobachter der Gestirne, und wußte dadurch manche astronomische Eräugnisse voraus zu bestimmen. Die Bewunderung dieser Kenntnisse veranlaßte seine Vergötterung, und vermuthlich auch selbst die allgemeine Einführung des Worts Uranos zur Benennung des Himmels.

*) L. III. c. 56. L. V. c. 44.

2. He=

2. Helios, oder Sol.

74. Obgleich die Griechen und Römer den Apoll als Gott und Regierer des Sonnenlichts verehrten, und ihn in dieser Absicht Phöbus nannten; so unterschied man doch von ihm, vornehmlich in der ältern Fabelgeschichte, einen besondern Gott, den man mit dem eigenthümlichen griechischen und römischen Namen der Sonne belegte, und unter dem man sich diesen der Erde so wohlthätigen Himmelskörper als ein selbstständiges und persönliches Wesen dachte. In der an den Helios gerichteten homerischen Hymne wird er ein Sohn des Hyperion und der Euryphaessa genannt; Eos und Selene heißen daselbst seine Geschwister.

75. Die frühe Allgemeinheit des Sonnendienstes, der unter den Völkern des höchsten Alterthums eine der ersten Arten der Abgötterey war, macht es wahrscheinlich, daß der Dienst des Sonnengottes auch in Griechenland sehr alt gewesen sey. Auch hatte er daselbst verschiedene Tempel, und in Rom wurde sein Dienst am feyerlichsten durch den Heliogabalus eingeführt, der sich in Syrien zum Priester des Sonnengottes hatte weihen lassen, und ihm in der Folge zu Rom einen prächtigen Tempel errichtete. Man findet ihn auf den alten Denkmälern gewöhnlich als einen fast ganz bekleideten Jüngling gebildet, dessen Haupt mit Strahlen umgeben ist, zuweilen auf einen Wagen fahrend, dessen vier Pferde verschiedentlich benannt werden. Diesen, und mehrere Umstände seiner Geschichte, erzählt die Fabel auch vom Phöbus, wenn sie ihn als Sonnengott beschreibt.

S. OVID. Metam. II. 1. ff.

3. Se=

3. Selene oder Luna.

76. Verschieden von der Artemis oder Diana, die man als Göttin des Mondes annahm, ist die Benennung, Ableitung und Geschichte der Selene, die eine Tochter Hyperions und der Theia genannt wird. Man legte ihr vornehmlich Einfluß und Aufsicht auf die Geburt der Menschen bey. Jupiter, erzählt man, zeugte mit ihr die Pandia. Bey den Atlantiern scheint sie, gleich ihrem Bruder Helios, vorzüglich verehrt worden zu seyn. Auch die Griechen und Römer weihten ihr besondre Tempel, obgleich der weit feyerlichere Dienst der Diana als Mondsgöttin den ihrigen verdrängte. Gleich dieser bildete und beschrieb man sie als eine Göttin, die auf einem Wagen an dem Himmel herfuhr, ihr Licht während der Nacht auf die Erde verbreitete, und Sterne zum Gefolge hatte. — Uebrigens wurde der Mond auch bey einigen alten Völkerschaften als eine männliche Gottheit verehrt, in dieser Rücksicht von verschiedenen lateinischen Schriftstellern Lunus genannt, und auf einigen Kunstwerken in phrygischer Tracht abgebildet.

4. Eos oder Aurora.

77. Eine Schwester der Selene, von eben den Eltern, war die Göttin der Morgenröthe oder des Tageslichts, welche die Griechen Eos und Hemera, und die Römer Aurora nannten. Bey andern heißt Pallas ihre Mutter, und sie selbst Pallantias. Ihre berühmtesten Liebhaber waren Orion und Tithon, und ihre merkwürdigsten Söhne Lucifer und Memnon. Der letztere ist durch die ihm in Aegypten geleistete Verehrung, und durch die bey Theben ihm errichtete tönende Bildsäule bekannt. Cephalus war gegen die Liebe der Eos unempfindlich, und wurde durch ihre Eifersucht seiner Geliebten, der Prokris,

C 4 und

und durch ihren Tod seines eignen Lebens beraubt. *) —
Allegorisch hieß der frühe Tod eines Jünglings ein Raub
der Eos.

*) OVID. *Metam.* VII. 702. ff.

78. Man dachte sich diese Göttin als Vorbotin der
Sonne und Verkündigerin des Tages, und nannte sie eben
deswegen auch, mit der eigenthümlichern Benennung des
letztern, Hemera. Von den Dichtern wird sie daher als
eine reizende junge Göttin beschrieben, deren Wagen von
vier weissen oder rothen Pferden gezogen wird, und die mit
rosenfarbnem Finger die Pforten des Sonnengottes eröffnet.
Dieses letztern Umstandes wegen heißt sie beym Homer,
Rhododaktylos.

5. Nux oder Nox.

79. Auch die Nacht wurde in der alten Fabelgeschichte
unter die Zahl der Göttinnen gerechnet, und eine Tochter
des Chaos genannt. Dieses ihren frühen Ursprungs wegen heißt sie in einer der orphischen Hymnen die Mutter der
Götter und Menschen. Ueberhaupt ist sie mehr allegorische,
als mythologische Person, und im allegorischen Sinne hiessen Schlaf, Tod, Träume und Furien ihre Kinder.
Nach den Beschreibungen der Dichter und einigen wenigen
Abbildungen der Kunst, dachte man sich diese Göttin in ein
langes schwarzes Gewand verhüllt, mit verschleyertem
Haupte, oft auch mit schwarzen Flügeln, und auf einem
zweyspännigen Wagen, im Gefolge der Sterne. Ein schwarzer Hahn war ihr gewöhnliches Opfer.

6. Iris

80. Mit diesem Namen bezeichnete man bey den Griechen zuerst den Regenbogen als eine besondre Göttin, der
man

der Griechen und Römer. 41

man den Thaumas zum Vater, und Elektra, eine von den
Töchtern des Oceanus, zur Mutter gab. Ihr Aufenthalt
war am Throne der Juno, deren Befehle sie als Gesand-
tin den übrigen Gottheiten und den Sterblichen überbrach-
te. Zuweilen, aber selten, war sie auch eine Gesandtinn
Jupiters; und selbst andere Götter bedienten sich manch-
mal ihrer Vermittelung. Ausserdem hatte sie beym weiblichen Menschengeschlecht eben das Geschäfte, wie Merkur
beym männlichen, nämlich die Auflösung der Sterbenden,
und ihre Hinabführung in die Unterwelt. Der Regenbogen war der Pfad, auf welchem sie ihren Weg vom Olymp
zur Erde, und von dieser zurück zu jenem nahm.

7. Aeolus.

81. Unter dieser Benennung verehrten sowohl die Römer als Griechen einen Gott und Gebieter der Winde und
Stürme, dem sie bald den Jupiter, bald den Neptun,
bald den Hippotes, einen ehemaligen Beherrscher der li-
parischen Inseln, zum Vater gaben. Vom Jupiter war
ihm die Herrschaft über die Winde ertheilt, die man gleichfalls, als seine Diener, in Personen verwandelte, und mit
den bekannten Namen Zephyr, Boreas, Notus und
Eurus, bezeichnete. Aeolus hielt sie in einer Höhle auf
einer Insel des mittelländischen Meers eingekerkert, und
ließ ihnen nur dann freyen Lauf, wenn er durch Erregung
der Stürme, Ungewitter oder Ueberschwemmungen, eigne
oder fremde Absichten befördern wollte.*) Uebrigens schildern ihn die Dichter gewöhnlich als äusserst grausam und
unerbittlich.

*) Vergl. HOMER. Odyss. X. 2 ff. VIRGIL. Aen. I.
55 — 163.

C 5   8. Pan.

8. Pan.

82. Einer der merkwürdigſten und allgemeinſten Untergötter war Pan, der Gott der Viehzucht, des Hirtenlebens
der Wälder, und aller ländlichen Gegenden. Sein Dienſt
kam wahrſcheinlich von den Aegyptern zu den Griechen, die
ihn einen Sohn Merkurs und der Nymphe Dryope nannten, deſſen jugendlicher und liebſter Aufenthalt Arkadien ge-
weſen ſey. Durch ſeine Liebe zur Syrinx und ihre Verwandlung in Schilfrohr,*) ward Pan Erfinder der ſieben-
ſtimmigen Schäferflöte, und auf dieſe Erfindung ſo ſtolz,
daß er mit Apollo ſelbſt den oben ſchon erwähnten, ihm
ungünſtigen Wettſtreit wagte. Auch erfand er eine Kriegs-
trommete, deren furchtbarer Schall die Feinde verſcheuchte,
und die ſprüchwörtliche Benennung eines paniſchen Schre-
ckens veranlaßte.

*) OVID. Metam. I. 689—712.

83. Urſprünglich ſoll er bey den an den Thierdienſt ge-
wöhnten Aegyptern unter der Geſtalt eines Bocks und dem
Namen Mendes verehrt geworden ſeyn. In Griechenland war ihm Arkadien vorzüglich heilig, und hier war
ſein Dienſt am feyerlichſten, den Evander zuerſt in Italien einführte, wo ihn die Römer gleichfalls aufnahmen,
und ihm beſonders das Feſt der Luperkalien weihten.¹)
Böcke und Ziegen, Honig und Milch, waren ſeine gewöhn-
lichſten Opfer. Seine Bildung²) iſt nur ſelten völlig
menſchlich; gewöhnlicher hat er die Geſtalt eines Satyrs,
ſpitz empor ſtehende Ohren, kurze Hörner, einen mit Haar
bedeckten Körper, und Ziegenfüſſe. Sein griechiſcher Name bezieht ſich auf das All der Natur, welches man ſich in
ihm

1) S. OVID. Faſt. II. 31. 271. 2) Ihre dichtriſche Beſchreibung ſ. im SIL. ITAL. XIII. 326. ff.

ihm und von ihm beschützt, dachte. Bey den Römern heißt
er auch **Inuus, Luperkus, Mänalius** und **Lycäus.**

9. Letho oder Latona.

84. Als Mutter Apoll's und Dianens hatte diese
Göttin einen vorzüglichen Rang, und wird daher von einigen Mythologen unter die obern Gottheiten gezählt. Sie
selbst war eine Tochter des **Köus** oder **Polus,** und der
Phöbe, und eine von den Geliebten Jupiters. Dadurch
erregte sie die eifersüchtigste Rachsucht der Juno, welche die
Göttin Erde beschwor, ihr keinen Platz zur Geburt einzu-
räumen. Neptun aber ließ die Insel Delos entstehen,
den Geburtsort ihrer gedachten beyden Götterkinder. Aber
auch hier fand sie keinen sichern Aufenthalt, und floh nach
Lycien, wo sie einige Landleute, die ihr das Trinken aus einem See verwehrten, in Frösche verwandelte.*)

*) S. OVID. *Metam.* VI. 335.

85. Berühmter noch ist die Rache dieser Göttin an
der **Niobe,** einer Tochter des **Tantalus,** und einer Gattin des thebischen Königs **Amphion,** die ihr den Götterrang streitig machen wollte. Latona forderte ihre beyden
Kinder zur Rache auf, und diese erlegten durch ihre Pfeile
die sieben Söhne und sieben Töchter der Niobe, die dann
selbst, durch den Schmerz, sich so verwaist zu sehen, in
Stein verwandelt wurde.*) Man verehrte diese Göttin
vornehmlich in Lycien, auf der Insel Delos, in Athen,
und in mehrern griechischen Städten, und feyerte ihr auf
der Insel Kreta ein Fest welches **Ekdysia** hieß. Uebrigens
dachte man sich auch die Göttin **Nacht** unter ihrem Namen
der vielleicht selbst diesem Begriffe (von λανϑάνειν, *latere,*)
seinen Ursprung zu danken hatte, indem man sich die Natur

*) S. oben, §. 34.

tur vor Erschaffung der Sonne und des Mondes (Apolls und Dianens) in tiefes Dunkel versenkt vorstellte.

10. Themis.

86. Unter den Titaniden, oder den Töchtern des Uranos und der Titäa war Themis, die Göttin der Gerechtigkeit, eine der berühmtesten. Ihr schrieb man die erste Ertheilung der Orakelsprüche und die erste Einführung der Opfer in Griechenland zu. Dem Jupiter gebar sie, nach einer vermuthlich allegorischen Dichtung, drey Töchter: Dike, Eunomia, und Irene, d. i. Gerechtigkeit, Gesetzgebung und Eintracht. Auch wird Astcäa von einigen ihre Tochter genannt, die gleichfalls Göttin der Gerechtigkeit, oder vielmehr des Eigenthumsrechts, war, und, nach Ovid's Dichtung,*) unter allen Gottheiten zuletzt von der Erde wich. Ihr Bild ist im Thierkreise das Zeichen der Jungfrau, die sonst auch Erigone hieß. — Eine andre Göttin der lohnenden und strafenden Gerechtigkeit war Nemesis, die, wegen ihres Tempels zu Rhamnus im attischen Gebiete, auch oft Rhamnusia heißt.

*) *Metam.* I. 149. — Ueber die bildliche Idee des Alterthums von der Gerechtigkeit s. GELLII Noct. Att. XIV. 4.

11. Asklepios oder Aeskulap.

87. Je weniger man in dem frühern Zeitalter mit den Kräften und dem Gebrauch der Heilungsmittel innerer und äusserer Krankheiten bekannt war; desto größer war die Bewunderung, und desto leichter die Vergötterung derer, die sich in dieser Art von Kenntnissen vorzüglich unterschieden. Dieß war der Fall beym Asklepios, den man einen Sohn Apoll's, dieses Gottes der Arzneykunde, und der Nymphe

Koro-

Koronis nannte.[1]) Er wurde von dem Centauren Chi=
ron erzogen und in der Heilkunde der Kräuter unterrich=
tet. Hygiea, die Göttin der Gesundheit, hieß seine
Tochter; und zwey berühmte Aerzte des trojanischen Zeit=
alters, Machaon und Podalirius, nannte man seine Söh=
ne, und verehrte sie nebst ihm nach ihrem Tode. Aeßku=
lap selbst wurde vom Jupiter, auf Pluto's Bitte, mit dem
Donnerkeil erschlagen. Sein berühmtester Hain und Tem=
pel war zu Epidaurus,[2]) wo man ihn unter der Gestalt
einer Schlange verehrte, die auch in seinen Abbildungen,
entweder frey, oder um einen Stab gewunden, sein ge=
wöhnlichstes Attribut ist, und die überhaupt ein Symbol
der Gesundheit war.

1) OVID. *Metamorph.* II. 590. ff. 2) OVID. *Metamorph.*
XV. 624.

12. Plutus.

88. Plutos oder Plutus, der Gott des Reichthums,
war vermuthlich mehr allegorischen als eigentlich mythischen
Ursprungs, da sein Name in der griechischen Sprache die
gewöhnliche Benennung des Reichthums ist. Sein Vater
war, der Fabel nach, Jasion, ein Sohn Jupiters und der
Elektra, und seine Mutter, Ceres, die ihn zu Tripolo in
Kreta gebar. Jupiter beraubte ihn, nach einer ebenfalls al=
legorischen Dichtung, des Gesichts, und sein gewöhnlicher
Aufenthalt war tief unter der Erde. Seine eigentliche Ab=
bildung ist unbekannt; Pausanias erwähnt nur gelegentlich,
er habe in Gestalt eines Kindes in dem Tempel der Glücks=
göttin zu Theben ihr in den Armen gelegen, und zu Athen
habe ihn die Friedensgöttin als Kind gleichfalls im Arm
getragen.

13. Th=

13. Tyche oder Fortuna.

89. Von ähnlicher Art war die Göttin des Glücks, der man die Ertheilung und Lenkung sowohl guter als widriger Schicksale zuschrieb. Bey den Griechen hatte sie zu Elis, Korinth und Smyrna besondre Tempel; auch in Italien wurde sie schon vor Roms Erbauung zu Antium verehrt. In ihrem dort befindlichen Tempel waren zwey Bildsäulen der Fortuna, die man als Orakel befragte, und die entweder durch Winke Antwort gaben, oder auf die Glückslose (fortes) verwiesen. Die Römer aber erhöhten den Ruhm ihres Dienstes gar sehr, weiheten ihr verschiedene Tempel, und benannten sie mit mancherley, durch mehrere Anlässe entstandenen Beynamen. Die vornehmsten darunter waren Fortuna Publika — Equestris — Bona — Blanda — Virgo — Virilis — Muliebris, u. a. m.

14. Fama.

90. Fama, Gr. Φημη, die Göttin des Gerüchts, war gleichfalls allegorischer Entstehung, und heißt beym Virgil die jüngste Tochter der Göttin Erde, nach der Niederlage ihrer Söhne, der Riesen, aus Rache geboren, um die zum Theil ärgerlichen Begebenheiten Jupiters und der übrigen Götter überall bekannt zu machen. In der griechischen Theogonie wird sie gleichfalls erwähnt, und in Athen hatte sie einen besondern Tempel. Man hielt sie für die Urheberin und Verbreiterin sowohl guter als böser Gerüchte; und die Dichter schildern sie als geflügelt, als immer wach, immer umher fliegend, von eitler Furcht, falscher Freude, Unwahrheit und Leichtgläubigkeit begleitet. *)

*) VIRG. Aen. IV. 173. OVID. Met. XII. 39. STAT. Theb. III. 431.

15. Ver=

15. Verschiedene Nationalgottheiten der Römer, die sie nicht mit den Griechen gemein hatten.

91. Um dem Eigenthumsrechte und der Befriedigung der Gränzen, vornehmlich der Ländereyen, mehr Ansehen und Heiligkeit zu geben, dichteten die Römer den Terminus, einen besondern Gott, dessen Bildsäule, als Herme, gewöhnlich die Gränzscheidung bezeichnete. Numa führte diesen Brauch zuerst ein, und ordnete ein besondres Fest, die Terminalien, an, welches im Februar von den Landbewohnern und den beyden Eigenthümern an einander gränzender Felder gemeinschaftlich gefeyert wurde.*) Man opferte alsdann diesem Gotte an den Gränzen der Felder. Sehr oft aber setzte man auch die Hermen anderer, besonders ländlicher Götter, zur Gränzscheidung, und dachte sich überhaupt mehr den Jupiter selbst, mit dieser einzelnen Bestimmung, unter dem Namen dieses Gottes. — Mit den Gränzgottheiten hatte auch Priapus, dessen Bildsäule man gewöhnlich in die Gärten setzte, über welche man ihm schützende Aufsicht zuschrieb, eine ähnliche Bestimmung.

*) OVID. Fast. II. 641. ff. — S. auch über die Verehrung und Bedeutung dieses Gottes eine Abh. des Herrn Boze in den Mem. de l'Ac. des Inscr. T. I. p. 50.

92. Vertumnus, ein alter italischer Fürst, der wahrscheinlich in Hetrurien zuerst den Gartenbau einführte, wurde nach seinem Tode als Gartengott, auch von den Römern, verehrt, und man empfahl vornehmlich die Früchte der Bäume seiner Fürsorge. Seine Gattin war Pomona, eine Hamadryade, gleichfalls eine Göttin der Gärten und des Obstes, deren Liebe er durch die Verwandlung in mancherley Gestalten gewann, die eine Veranlassung seines Namens wurde.*) Auf einigen Antiken findet man diese

diese Göttin abgebildet, und durch einen neben ihr befindlichen, oder von ihr getragenen Fruchtkorb bezeichnet.

*) OVID. Metam. XIV. 623.

93. So hatten auch die Römer eine besondre Göttin der Blumen und Blüthen, die unter dem Namen Flora verehrt wurde, und ursprünglich eine griechische Nymphe, Chloris, gewesen seyn soll. Ganz unbekannt scheint folglich diese Göttin den Griechen nicht gewesen zu seyn, da auch Plinius[1] ihrer Bildsäule vom Praxiteles erwähnt. Man bildete sie jugendlich und reich mit Blumen geschmückt. Ihr Fest[2] und die damit verbundenen Spiele wurden zu Rom sehr feyerlich im Maymond begangen; sie arteten aber bald in Ausgelassenheit und Mißbrauch aus, und wurden daher eine Zeitlang ganz eingestellt.

1) Hist. Nat. XXXVI. 5. 2) OVID. Fast. V. 283.

94. Eine andre Göttin der Baumfrüchte, der Baumschulen und Lustwälder, hieß bey den Römern Feronia, und hatte diesen Namen vermuthlich vom Fruchttragen erhalten. Ihr berühmtester und sehr reicher Tempel war am Berge Sorakte, wo ihr auch ein besondrer Hain gewidmet war. Vornehmlich aber verehrte man sie als eine Göttin der Freygelassenen, die auch in ihrem Tempel zuerst ihre Freyheit zu erhalten pflegten. Ohne Zweifel war es Priesterbetrug, wenn man vorgab, daß ihre Diener und Anbeter unversehrt über glühende Kohlen gehen könnten. — Eine Göttin gleicher Art war Pales, (von pabulum) der man vorzüglich die Weiden und die Fütterung der Heerden empfahl, und der man im April ein ländliches Fest, die Palilien, feyerte.*) Minder beträchtliche Feldgöttinnen waren: Bubona, Seja, Hippona, Kollina, Populonia, und Frukteska.

*) OVID. Fast. IV. 721.

95. In

95. In den spätern Zeiten der römischen Republik, und in den ersten Jahrhunderten der Monarchie, wurde ihr Göttersystem immer mehr vervielfältigt. Fast alle einzelne Stände; alle einzelne Gewerbe und Geschäfte erhielten ihre besondern Schutzgottheiten, deren Namen fast unzählig sind, und die wir größtentheils nur aus den Schriften der Kirchenväter, besonders Augustin's, wider die Vielgötterey kennen, weil sie nie eine große Allgemeinheit erhalten haben. Dahin gehören z. B. Bellona, die Kriegsgöttin, die mit der Enyo der Griechen einige Aehnlichkeit hatte; Juturna, die Hülfsgöttin; die Ankuli und Ankulä, Gottheiten des Gesindes; Vakuna, eine Göttin der Muße und Erholung; Strenua eine Göttin des Fleißes; Laverna Göttin des Diebstahls, u. a. m.

Vergl. AVGVSTIN. de Civ. Dei, L. IV.

96. Hiezu kamen noch die Vergötterungen der ersten Kaiser und ihrer Günstlinge, eine Frucht der niedrigsten Schmeicheley, die einen Cäsar, August, Germanikus, Antinous u. a. zum Theil schon bey ihrem Leben, oft auch, um ihren Nachkömmlingen zu schmeicheln, nach dem Tode unter die Götter zählte. Endlich war auch sowohl Dichtern als Künstlern die Versinnlichung und Personendichtung abstrakter Begriffe, besonders moralischer Attribute, der Tugenden und Laster, sehr gewöhnlich; und durch diese Art von Umschaffung entstand eine Menge bloß allegorischer Gottheiten, die zum Theil auch den eigentlich mythischen beygezählt wurden. Von dieser Art sind: Virtus, Honor, Fides, Pietas, Libertas, Pax, Concordia, Discordia, Invidia, Fraus, u. a. m.

————————

D

III.

Mythologische Personen, deren Geschichte mit den Begebenheiten der eigentlichen Götter in Verbindung steht.

---

1. Die Titanen und Giganten.

97. In der ältesten griechischen Göttergeschichte sind die Unternehmungen der schon in der Geschichte Saturn's Titanen merkwürdig, die gemeiniglich Söhne des Uranos und der Titäa oder Gäa, und folglich Brüder Saturn's genannt werden. Der älteste von ihnen hieß Titan, und von diesem, oder von ihrer Mutter, scheinen sie benannt zu seyn. Der gewöhnlichsten Sage nach gab es überhaupt außer dem Saturn folgende sechs Söhne des Uranos, die insgesammt Titanen hiessen: Titan, Hyperion, Cöus, Japet, Krius und Oceanus; und dann noch fünf Töchter, oder Titaniden, nämlich: Rhea, Themis, Mnemosyne, Phöbe, und Thetis. Wegen ihrer Empörungen wider den Uranos, woran aber Saturn und Oceanus keinen Antheil nahmen, wurden sie von jenem ihrem Vater in den Tartarus gestürzt, woraus sie Saturn wieder befreyte; dem sie aber hernach mit gleich unglücklichem Erfolge, den Thron selbst streitig machten. — Auch die Cyklopen gehören eigentlich mit zu den Titanen, und sind schon oben, in der Geschichte Vulkan's, genannt.

98. Verschieden von ihnen waren die Giganten oder Riesen, obgleich sie ebenfalls Söhne der Erde heissen, welche sie, nach der Besiegung der Titanen durch den Jupiter, aus Rachsucht wider diesen Gott gebar. Die vornehmsten

ſten unter ihnen hieſſen: **Enceladus, Halcyoneus, Typhon, Aegeon, Ephialtes** und **Otus.** Der gewöhnlichen Beſchreibung nach waren ſie von auſſerordentlicher
Höhe und Stärke des Körpers; auch werden ihnen hundert
Hände, und Drachenfüſſe beygelegt. Ihre bekannteſte Unternehmung iſt die Beſtürmung des Olymps, der Wohnung
Jupiters und der übrigen Götter.[1]) Um ihn zu erſteigen,
thürmten ſie mehrere Berge, den **Oeta, Pelion, Oſſa,
Rhodope,** u. a. m. auf einander. Jupiter aber erlegte ſie
mit ſeinem Donner, ſtürzte einige von ihnen in den Tartarus, und begrub andere unter den Schutt jener Berge,
den Typhon z. B. unter dem Aetna, worunter er ſich, der
Fabel nach, immer empor zu heben ſtrebt, und vor Wuth
Flammen ſpeyt.[2])

1) OVID. *Metam.* I. 151. — 2) ID. *ibid.* V. 346.

2. Tritonen und Sirenen.

99. **Triton** iſt ſchon oben in der Geſchichte **Neptun's**
als ein Sohn dieſes Gottes und der **Amphitrite** genannt.
Von ihm, als einem der vornehmſten, erhielten auch die
übrigen männlichen Untergottheiten des Meers den Namen
der **Tritonen,** und wurden, gleich ihm, halb als Menſchen,
halb als Fiſche, gebildet, den ganzen Leib mit Schuppen
bedeckt. Gewöhnlich waren ſie das Gefolge **Neptun's** und
ſeines Wagens, deſſen Ankunft **Triton** ſelbſt durch das
Blaſen ſeines Horns aus einer Seemuſchel ankündigte.

100. Eine Art weiblicher Meergottheiten waren die
Sirenen, deren von einigen zwey, von andern drey, und
von noch andern fünfe genannt werden. Urſprünglich waren ſie Nymphen und Geſpielinnen der **Proſerpina,** deren
Raub ihre Verwandlung in Vögel veranlaßte, um jene überall aufzuſuchen. Nachher wurden ſie erſt in Meernymphen

verwandelt, die an Bildung den Tritonen glichen, und halb
Menschen, halb Fische waren, obgleich die Antike sie meh-
rentheils in der Gestalt ihrer ersten Verwandlung, ganz
oder halb als Vögel, bildet. In einem unglücklichen Wett-
gesange mit den Musen verloren sie ihre Flügel; und eben
so wenig gelang es ihrem Zaubergesange, den Ulyß auf seiner Heimfahrt nach Ithaka an sich zu locken.*)

*) HOMER. Odyss. XII. 166.

3. Nymphen.

101. Die Nymphen sah man in der Fabelgeschichte
als Mittelwesen zwischen den Göttern und Menschen an, die
zwar nicht unsterblich wären, aber doch übermenschlich lange,
an zehntausend Jahre, leben könnten. Oceanus wird als
ihr gemeinschaftlicher Vater angeführt, obgleich die Abkunft
der einzelnen Nymphen sehr verschieden angegeben wird.
Grotten waren ihr gewöhnlicher Aufenthalt, und hiessen daher Nymphäen. Ihre besondre Bestimmung war sehr man-
nichfaltig, und veranlaßte vielerley Klassen und Benennungen der Nymphen, nach den besondern Gegenständen ihres
Schutzes, und den Oertern ihres Aufenthalts. So hatte
man Oreaden, oder Bergnymphen; Najaden, Nereiden und Potamiden, oder Wassernymphen und Flußnym-
phen; Dryaden, Hamadryaden, und Napäen, oder
Waldnymphen. Die Hamadryaden waren von den Dryaden dadurch verschieden, daß jene, dem fabelhaften Wah-
ne nach, in einzelnen Bäumen wohnten, und zugleich mit
denselben entstanden, fortwuchsen und starben. Ihnen wurden besondere Tempel und Feste gewidmet; auch bildeten
die Künstler sie häufig, und zwar jugendlich, leicht bekleidet,
und mit ihrer Bestimmung gemässen Attributen.

4. Mu=

4. Musen.

102. Nicht genug, daß die Mythologie des Alterthums einen besondern Gott der Wissenschaften und eine besondre Göttin der Weisheit annahm; sie gab auch den vornehmsten einzelnen schönen Künsten und Geistesbeschäftigungen ihre eigne Schutzgöttinnen, die man Musen, und Töchter Jupiters und der Mnemosyne nannte. Ihrer waren, der gewöhnlichsten Angabe nach, neune; nämlich: Klio für die Geschichte, Kalliope für das Heldengedicht, Melpomene für das Trauerspiel, Thalia für das Lustspiel, Erato für Tanz und Musik, Euterpe für das Flötenspiel, Terpsichore für die Zither, Polyhymnia für den Gesang, und Urania für die Sternkünste.

Vergl. AVSON. Idyll. XX.

103. Um die Vollkommenheit der Musen in den ihnen eignen Künsten, besonders aber im Gesange, desto ehrwürdiger zu machen, dichtete man verschiedene Wettstreite derselben, z. B. mit den Sirenen und den Töchtern des Pierus,[1] worin sie den Preis davon trugen. Uebrigens blieben sie unverehlicht, und ständen sämmtlich unter der Anführung und dem Schutz Apoll's. Ihr gewöhnlichster Aufenthalt war der Berg Helikon und Parnaß in Böotien; aus jenem floß die Hippokrene, und aus diesem die kastalische Quelle. Auch die Berge Pindus und Pierus waren den Musen heilig, die bey den Griechen und Römern ihre eignen Tempel hatten, und von den Künstlern des Alterthums oft einzeln, oft beysammen, jede mit besondern Attributen, gebildet wurden.[2]

1) OVID. Metam. V. 300. 2) S. MONTFAUCON, Ant. Expl. T. I. Tab. 56 —62.

D 3　　5. Cha=

5. Charitinnen oder Grazien.

104. Zu dem Gefolge der Venus gehörten die Grazien, Dienerinnen und Gespielinnen dieser Göttin, welche mit ihr Anmuth, Freude und Reiz überall verbreiteten. Sie heissen Töchter Jupiters und der Eurynome, oder Töchter des Bacchus und der Venus selbst. Ihrer waren drey: Aglaja, Thalia, und Euphrosyne. Sie wurden besonders in Griechenland häufig verehrt, und hatten in den vornehmsten Städten besondre Tempel. Oft waren auch ihre Altäre in den Tempeln anderer Gottheiten, vornehmlich Amors, Merkurs, der Venus, und der Musen. Auf antiken Denkmälern sind sie sehr oft, gemeiniglich beysammen, und unbekleidet, gebildet.

6. Mören oder Parzen.

105. Aus einer sehr gewöhnlichen dichterischen Vorstellung des menschlichen Lebens unter dem Bilde eines Fadens oder Gespinstes entstand wahrscheinlich die Idee von den Mören oder Parzen, als drey von der Nacht gebornen Schwestern, denen das Schicksal und besonders die Lebensdauer der Sterblichen anvertraut wäre, und deren eine, Klotho, den Faden anknüpfte, da ihn dann die zweyte, Lachesis, spänne, und Atropos, wenn das Leben zu Ende wäre, abschnitte. Man hielt sie für unerbittlich, und zählte sie zu den geringern Gottheiten der Unterwelt; auch war ihre Verehrung nicht sehr üblich. Von den Künstlern wurden sie als betagte Frauen gebildet, im langen Gewande, und mit ihrer Arbeit beschäftigt.*)

*) CATVLL. in Epithal. Pelei et Thet. v. 305. C.

7. Ell=

7. Eumeniden oder Furien.

106. Unter den Gottheiten der Unterwelt gab es drey Töchter der Nacht und des Acheron, oder des Pluto und der Proserpina selbst, deren Geschäfte die Marter der Unglücklichen im Tartarus, oft aber auch die Bestrafung der Bewohner der Erde war. Die Griechen nannten sie Erinnyen oder Eumeniden, und die Römer Furien. Ihre Namen waren: Tisiphone, die besonders zur Erregung ansteckender Seuchen abgesandt wurde, Alekto, deren Geschäfte die Verheerungen des Krieges waren, und Megära, Urheberin der Wuth und des Mordes. Sie hatten bey den Griechen und Römern besondre Tempel, und bey den letztern ein eignes Fest, die Furinalien. Gebildet wurden sie mit Schlangenhaar, mit schrecklichem Gesicht, schwarzem und blutigem Gewande, und die Fackel der Wuth in der Hand. Die Harpyien waren von ähnlicher Art, und hiessen: Aella, Ocypete, und Celäno.

S. VIRGIL. *Georg.* III. 551. *Aen.* VI. 555. VII. 341. 415. XII. 345. — OVID. *Metam.* IV. 481.

8. Dämonen, Genien und Manen.

107. Schon in der frühesten Mythologie findet man Spuren von den sogenannten Dämonen, oder Schutzgeistern der Menschen, die auch Genien genannt wurden. Man dachte sich dieselben denen immer nahe und gegenwärtig, die sie schützten, deren Handlungen und Schicksale sie leiteten; und glaubte, Jupiter selbst habe ihnen die Gabe dieses wirksamen Einflusses ertheilt. Ausserdem aber gab es,

D 4

nach

nach eben diesem System, auch böse und schädliche Dämonen.
Die Manen gehören gleichfalls in diese Klasse; man sah sie
aber für Schutzgeister der Verstorbenen an, die ihre Gräber
bewachten, und für die Ruhe derselben sorgten. Diese stan=
den unter dem Pluto, der daher auch Summanus hieß.
Von andern wurde die Göttin Mania, ihre Mutter ge=
nannt. Die Römer hatten in ihrer Götterlehre noch eine
andre Art von Geistern der Verstorbenen, die unruhvoll um=
herirrten, und die Lebenden schreckten. Diese hießen Lar=
ven, und in der Folge Lemuren.

9. Laren und Penaten.

108. Das System von den Schutzgeistern war über=
haupt in der römischen Fabellehre von weiterm Umfange,
als in der griechischen. Jene gab nicht nur Menschen, son=
dern auch leblosen Gegenständen, Städten und Häusern ihre
besondern Genien; und diese letztern hatten bey ihnen die
Namen: Laren und Penaten. Jene waren Söhne Mer=
kurs und der Lara, oder Larunda, einer Tochter Al=
mon's. Sie hätten, ihren besondern Bestimmungen ge=
mäß, verschiedene Beynamen. Vornehmlich aber wurden
sie als Hausgötter angesehen, und hatten in jedem Hause
ihr besondres Heiligthum und ihren Altar. Alsdann scheint
man sie für die Geister der verstorbenen Ahnherren und Vor=
fahren der Familie gehalten zu haben, die für das Wohl ih=
rer Abkömmlinge sorgten. Die Penaten hingegen, die
gleichfalls Hausgötter waren, machten eigentlich keine beson=
dere Klasse von Gottheiten oder mythischen Personen aus,
sondern wurden willkührlich aus den größern Göttern zum
besondern Schutz und Dienste gewählt. Die Schmeicheley

et=

erhob selbst lebende Personen, besonders Kaiser, zu diesem Range.

10. Schlaf; Tod; Träume.

109. In die Klasse der Genien gehören auch Hypnos Thanatos und Oniros, die man alle drey für Söhne der Nacht hielt, und zu den Untergottheiten der Unterwelt rechnet. Dem Hypnos, oder dem Schlafe, gab man Cimmerien, der daselbst herrschenden nächtlichen Dunkelheit wegen, zum Aufenthalt, und die Mohnpflanze, ihrer einschläfernden Kraft wegen, zum gewöhnlichsten Attribut. Auch hält er in den Abbildungen gemeiniglich eine umgekehrte, verlöschende Fackel in der Hand. Dieß letztere war auch die Vorstellung des Thanatos oder des Todes, den man auf Grabmälern sehr oft seinem Bruder, dem Schlafe, gegenüber stellte, und gleichfalls als einen Genius, nicht, nach Art der Neuern, als ein Gerippe, bildete. Oniros, den man auch in der Folge Morpheus nannte, war der Gott der Träume, deren es mehrere gab, unter denen Phobetor und Phantasus besonders genannt werden.

S. OVID. Metam. XI. 585. — S. Lessings Untersuchung wie die Alten den Tod gebildet. Berl. 1769. kl. 4. — Herders Abh. eben dieses Inhalts in seinen zerstreuten Blättern, Th. II. S. 273.

11. Satyren und Faunen.

110. Die Vorstellung von Waldgöttern, deren Bildung zum Theil menschlich, zum Theil thierisch war, entstand schon in den frühesten Zeiten des Fabelsystems, entweder aus der Bekleidung roher Menschen mit Thierhäuten, oder

D 5

selbst in der Absicht, um auf diese Art die wilde, ungebil=
dete Menschennatur symbolisch zu bezeichnen. Die Saty=
ren der Griechen und die Faunen der Römer unterschieden
sich von der gewöhnlichen menschlichen Bildung nur durch
den Bocksschweif und spitzig emporstehende Ohren, und ge=
hörten zum Gefolge des Bacchus. Ausserdem aber gab es
noch Pane, welche überdas auch Ziegenfüsse und eine mehr
thierische Gestalt hatten. Die Faunen dachte und bildete
man älter als die Satyren; und mit jenen waren die Si=
lenen einerley. Bey den Römern wurden indeß auch die
Satyren thierischer und mit Ziegenfüssen gebildet. Auch der
Name der Faunen ist völlig italischen Ursprungs, und von
einem Nationalgotte, Faunus, entlehnt, der ein Sohn
des Pikus und der Nymphe Kanens*) gewesen seyn soll,
und dessen Gattin, Fauna, gleichfalls als Göttin ver=
ehrt wurde.

> S. Heynens Abh. vom vorgeblichen und wahren Unter=
> schiede zwischen Faunen, Satyren, Silenen und Panen
> in s. Samml. antiquor. Aufsätze, St. II. S. 53. —

*) S. OVID. Metam. XIV. 320.

IV.

IV.

Mythologische Geschichte der Heroen, oder der vergötterten Helden des frühern Alterthums.

***

111. In der griechischen Geschichte unterscheidet man gewöhnlich dreyerley Zeitalter: das verborgene oder unbekannte, (ἄδηλον) in welches sich der früheste, durch keine historische Denkmäler aufbehaltene, Ursprung und erste Zustand der Völkerschaften verliert; das fabelhafte, (μυθικόν) wovon die Nachrichten mit mannichfaltiger mythischer Dichtung verwebt sind; und das historische, (ἱστορικόν) welches den Inhalt und Gegenstand der wahren Geschichte ausmacht. Das erste geht bis zur deukalionischen Ueberschwemmung; das zweyte von da bis zur Einführung der Olympiaden in die Zeitrechnung; und das dritte vom Anfange dieser Zeitrechnung durch den ganzen spätern Zeitraum der griechischen Begebenheiten. In das zweyte dieser Zeitalter gehören die sogenannten Heroen; und es wird daher auch das heroische Zeitalter genannt. Man dachte sich diese Heroen als Männer von ausserordentlicher Größe und Stärke des Körpers und Geistes, und eignete ihnen vorzügliche Verdienste zu, die sie sich durch Stiftung, Sittenverbesserung, Erweiterung und Vertheidigung einzelner Länder oder Städte erworben hatten.

112. Dankbarkeit gegen das Verdienst der Ahnherren und Vorfahren war also die gewöhnlichste Quelle der Verehrung und Vergötterung, die man diesen Heroen noch spät nach ihrem Tode öffentlich widmete; und der Trieb dieser dankbaren Erinnerung wurde durch die mündliche Ueberlieferung ihrer Thaten, welche vornehmlich durch die Dichter

mánche vergrösserinde Zusätze erhielt, sehr belebt und unterhalten.   Dazu kam, daß man die meisten Heroen als Göt-
tersöhne, zum Theil selbst als Söhne Jupiters, ansah.   Bey
dem allen war jedoch die gottesdienstliche Verehrung dieser
Helden minder feyerlich und ausgebreitet, als der Dienst
der eigentlichen Götter,   Diesen letztern wurden wirkliche
Feste angestellt, besondere Priester verordnet, Tempel errichtet, und große, feyerliche Opfer dargebracht.   Den Heroen
hingegen hielt man gewöhnlich nur eine jährliche Leichenfey-
er an dem ihnen geweihten, über ihre Grabstätte oder in
der Nähe derselben errichteten, Denkmal, und brachte ihnen Trankopfer oder Libationen.   Zuweilen wurden indeß
diese Gränzen auch überschritten, und die Heroen an Rang
und Verehrung den wirklichen Gottheiten beygezählt.   Uebrigens wird die Einführung dieser Heldenfeyer gewöhnlich
dem Kadmus beygelegt.

Vergl. VIRGIL. Aeneid. III. 301. C. — S. auch die
Abh. des Abts SALLIER in der Hist. de l'Acad. des Inscr. T. IV. p. 299.

113. Ueberhaupt aber waren die Heroen der Griechen
von verschiedenem Range.   Einige sah man nur als eine
Art häuslicher Gottheiten an, die noch nach ihrem Tode für
ihre Geschlechter sorgten, und nur von diesen verehrt wurden.   Andre, die sich in ihrem Leben ausgebreitetere Verdienste erworben hatten, wurden von einem ganzen Staat
oder Volke als Halbgötter verehrt; und nicht selten wurden
ihnen besondere Feste, Mysterien, ja selbst eigne Priester
angeordnet.   Ihnen wurde dann auch eine allgemeinere Pro-
videnz zugeschrieben.   Und diese letztern kommen hier vornehmlich in Betrachtung, da sie am berühmtesten waren,
und ihr Dienst sich nicht nur unter den Griechen beständig
erhielt, sondern auch in der Folge zu den Römern übergieng.
Wir wollen jetzt nur die vornehmsten darunter, der Zeitfolge
nach, anführen.

114.

114. Gewissermassen gehören schon die Giganten und Titanen, von denen im vorhergehenden Abschnitte geredet ist, zu den Heroen, und können als die ältesten darunter angesehen werden. Auch Inachus, der Stifter des argivischen Reichs, sein Sohn Phoroneus, dem man gleichfalls manche Verdienste beylegt, und Ogyges, König in Böotien, der durch die zu seiner Zeit geschehene Ueberschwemmung merkwürdig ist, gehören in diese Klasse. Eben diesen Rang hatten, vornehmlich bey ihren Völkerschaften: Cekrops, der Stifter des attischen Reichs: Deukalion, ein thessalischer Fürst, welcher mit seiner Gattin Pyrrha in der allgemeinen Fluth erhalten wurde; Amphiktyon, der das berühmte Bündniß der frühern griechischen Staaten veranlaßte; Kadmus, der aus Phönizien nach Griechenland kam, und so viel zu dessen Aufklärung und Verbesserung soll beygetragen haben; Danaus, dem das argolische Reich seinen bessern Zustand verdankte; Bellerophon, dem die Bezwingung des Ungeheuers Chimära, und andre Heldenthaten beygelegt werden; Pelops, von dem das durch ihn gestiftete peloponnesische Reich den Namen erhielt; und die beyden kretensischen Fürsten Minos, deren einer als Gesetzgeber, und der andre als Krieger in der griechischen Geschichte berühmt ist.

Perseus.

115. Einer der vornehmsten Helden des frühern Alterthums ist Perseus, ein Sohn Jupiters und der Danae, der vom Polydektes auf der Insel Seriphus erzogen wurde. Seine vorzüglichste Unternehmung war seine Bezwingung der Gorgon Medusa, deren Haupt er mit einem vom Vulkan erhaltenen Schwerdte abhieß. Aus dem Blute desselben entstand der Pegasus, ein geflügeltes Pferd, auf welchem Perseus hernach viele Länder durchstreifte. Unter seinen nach-

he-

herigen Thaten sind die Verwandlung des hesperischen Königs
Atlas, in einen hohen Felsen, vermittelst des Medusenhaupts
und die Rettung der an einen Felsen geschlossenen Andro-
meda, die merkwürdigsten. Bey der letztern Gelegenheit
verwandelte er den Phineus, der ihm den Besitz der Andro-
meda streitig machen wollte, und hernach den Prötus, den
Polydektes und sein Gefolge, gleichfalls in Stein. Uebrigens wird ihm die Erfindung der Wurfscheibe, durch die er seinen Großvater Akrisius aus Unvorsichtigkeit tödtete, und
die Stiftung des mycenischen Reichs beygelegt. Nach seiner
Ermordung durch den Megapentes ward er unter die Gestirne versetzt, und man errichtete ihm nicht nur ein Denkmal zwischen Argos und Mycene, sondern auch verschiedene Tempel.

S. OVID. *Metam.* L. IV. 614. V. 1. ff.

Herkules.

116. Von allen Heroen der Griechen genoß indeß keiner einer so allgemeinen Bewunderung und Verehrung, als
Herkules, ein Sohn Jupiters und der Alkmene, dem man
schon in seiner frühesten Kindheit Heldenstärke beylegt. Eu-
rystheus, König von Mycene, gab ihm viele und schwere
Unternehmungen auf, die er mit dem größten Glück aus-
führte; daher die sogenannten zwölf Arbeiten oder schweren Unternehmungen des Herkules; nämlich: die Erlegung des nemeischen Löwen; die Bezwingung der lernäischen
Schlange; die Wegbringung des erymanthischen wilden
Schweins; die Erjagung eines wundervollen und äusserst
schnellen Hirsches; die Reinigung der Ställe des Königs
Augias; die Erlegung der stymphalischen Vögel; die Besiegung des Diomedes und der Raub seiner Pferde; der Sieg
über die Amazonen, und die Erbeutung des Gürtels ihrer
Königin Hippolyta; die Ermordung eines Meerungeheuers

bey

bey Troja; die Bezwingung des Riesen Geryon; der Raub der von einem Drachen bewachten goldnen Aepfel der Hesperiden; und endlich seine Hinabfahrt zur Unterwelt, aus welcher er den Cerberus gebunden mit sich herauf führte.

117. Auſſer diesen Thaten werden ihm noch manche andre beygelegt, wodurch er theils Beweise seiner ungemeinen körperlichen Stärke gab, theils Rächer und Befreyer der Unterdrückten wurde. Dahin gehört z. B. seine Ermordung des in dem ältern Italien so gefürchteten Räubers Kakus; die Befreyung des an einen Felsen geschmiedeten Prometheus, die Tödtung des Busiris, und Antäus, sein Kampf mit dem Achelous, und seine Befreyung der Alceſte aus der Unterwelt. Minder rühmlich war ihm die Liebe zur Omphale, einer lydischen Königin, wodurch er zur unwürdigſten Weichlichkeit hinabsank. Seine letzte That war die Erlegung des Centauren Neſſus, deſſen durch das Blut vergiftete Gewand er anlegte, und dadurch in so verzweiflungsvolle Wuth gerieth, daß er sich auf dem Berge Oeta in die Flamme eines Scheiterhaufens ſtürzte. — Schon bey seinem Leben verehrte man ihn als Halbgott; und nach seinem Tode wurden ihm faſt in allen griechischen Städten, auch in der Folge zu Rom, Tempel errichtet. Für die Künſtler des Alterthums jeder Art war er und die Reihe seiner Thaten ein reichhaltiger, sehr oft bearbeiteter, Stof.

S. die vornehmſten Abbildungen in *Montf.* Ant. Expl. T. l. tab. 123 — 141. — LAVR. BEGERI Hercules Ethnicorum, ex variis antiquitarum reliquiis delineatus. Col. March. 1705. fol.

Theseus.

118. Durch den Ruhm dieses großen Helden ermuntert, wagte sich bald hernach Theseus, ein Sohn des Aegeus

geus und der Aethra, oder, nach andern, ein Sohn Neptuns, an die gefahrvollsten Unternehmungen, und führte sie glücklich aus. Dahin gehört die Erlegung vieler Räuber und Mörder, die Griechenland unsicher machten, vornehmlich aber die Bezwingung des Minotaurus, eines furchtbaren Ungeheuers in Kreta, dem bis dahin die Athenienser jährlich sieben Jünglinge hatten opfern müssen. Durch Hülfe der Ariadne, einer Tochter des Minos, fand Theseus den Zugang und Ausweg des Labyrinths, worin dieß Ungeheuer sich aufhielt, und tödtete es. Ariadne selbst folgte ihm auf seiner Rückfahrt nach Athen; er verließ sie aber treulos und undankbar auf dem Vorgebirge Naxos.

119. Aus der übrigen Heldengeschichte des Theseus sind folgende Umstände die erheblichsten: seine Hinabfahrt in die Unterwelt, zur Rettung seines Freundes Pirithous; sein Sieg über die Amazonen, deren Königin Hippolyta seine Gattin wurde; und der Beystand, den er dem argivischen Könige Adrast wider den thebischen Fürsten Kreon leistete. Um Athen und ganz Attika wurden ihm große Verdienste der Sittenverbesserung und Gesetzgebung beygelegt; und doch ward er auf eine Zeitlang verbannt. Seine Todesart wird verschiedentlich erzählt, und scheint in jedem Falle gewaltsam gewesen zu seyn. Die ihm gewidmete Verehrung war ungewöhnlich feyerlich; man baute ihm zu Athen einen ansehnlichen Tempel, und verordnete ihm ein Opfer am achten Tage jedes Monats, welches daher Ogdoolion hieß.

S. seine Lebensbeschreibung vom Plutarch.

Die Argonauten.

120. Die berühmteste Unternehmung während des heroischen Zeitalters der Griechen, die in ihrer Geschichte eine merkwürdige Epoche, und gewissermaßen die Gränzscheidung

dung der Fabel und der wahren Geschichte macht, ist der Zug der Argonauten nach Kolchis, zur Erbeutung des goldnen Bliesses. Der Anführer dieses Zuges war Jason, ein Sohn Aeson's, Königs in Thessalien. Ihm wurde diese gefahrvolle Unternehmung von seines Vaters Bruder, dem Pelias, auferlegt; und er bot zur Theilnehmung an derselben die vornehmsten Helden Griechenlandes auf, worunter Herkules, Kastor, Pollux, Peleus, Pirithous und Theseus die berühmtesten waren. Das dazu erbaute Schif nannte man Argo, und kam damit, nach mancherley widrigen Schicksalen, in Kolchis an, wo Aeetes König war, der ihnen die Erlangung des goldnen Bliesses nur unter sehr schweren Bedingungen versprach.

121. Obgleich Jason alle diese Bedingungen erfüllt hatte, so wollte ihm Aeetes den Besitz seiner Beute doch nicht erlauben, sondern sann vielmehr darauf, ihn und seine Gefährten zu morden. Diesen Vorsatz verrieth ihm Medea, des Aeetes Tochter, durch deren Beystand und Zauberkunst Jason die feuerspeyenden Drachen tödtete, welche das Vließ bewachten; er erbeutete es, und floh heimlich in der Nacht, von Medea begleitet, deren Vater sie verfolgte. Medea tödtete ihre Kinder, zerstückte ihre Leichname, und streute sie auf den Weg, um ihren Vater durch diesen Anblick aufzuhalten. Jason wurde ihr hernach untreu, und vermählte sich mit des Korinthischen Königs Kreon Tochter Kreusa. Diese Untreue rächte Medea durch den Tod seiner Kinder und Gattin. Jason erhielt nach seinem Tode die Verehrung der Heroen, und einen Tempel zu Abdera.

S. die Gedichte über den Argonautenzug von Orpheus, Apollonius Rhodius, und Valerius Flakkus.

E

Ka=

Kaſtor und Pollux.

122. Dieſe unter den Argonauten mit befindliche Hel=
den waren Zwillingsſöhne Jupiters und der Leda, und
Brüder der Helena.　Ihrer Abſtammung wegen nannte
man ſie Dioskuren, oder Söhne Jupiters, obgleich Ka=
ſtor von einigen ein Sohn des Tyndarus, des Gatten
der Leda, genannt wird.　Dieſer zeichnete ſich durch ſeine
Geſchicklichkeit im Gefechte, und Pollux durch ſeine Fertig=
keit im Reiten, aus.　Kaſtor's vornehmſte That war die
Erlegung des Lynceus, deſſen Tod aber ſein Bruder Idas
durch Kaſtor's Ermordung rächte.　Pollux erlangte vom
Jupiter die gemeinſchaftliche Unſterblichkeit und Vergötte=
rung mit ſeinem Zwillingsbruder.　Beyde wurden unter
die Geſtirne verſetzt, und unter dem Zeichen der Zwillinge
im Thierkreiſe gedacht.　Sowohl bey den Griechen als Rö=
mern hatten ſie verſchiedne Tempel; und ihr Geſtirn wur=
de vornehmlich von den Seefahrenden verehrt und ange=
rufen.

Thebaniſche Helden.

123. In der ältern Geſchichte Griechenlandes iſt der
thebaniſche Krieg, der in das acht und zwanzigſte Jahrhun=
dert fällt, ſeiner Umſtände und Folgen wegen ſehr berühmt.
Ohne uns hier jedoch in deren Erzählung einzulaſſen, bemer=
ken wir nur die vornehmſten Helden dieſes Zeitpunkts.
Dahin gehören zuerſt die beyden Söhne des durch ſeine eigne
Geſchichte merkwürdigen Oedipus, Königs von Theben,
Eteokles und Polynices, deren Zwiſt um die Regierung
eigentlich jenen Krieg veranlaßte, die in einem Zweykampf
beyde einander ermordeten, und nach ihrem Tode als Halb=
götter verehrt wurden.　Mit dem Könige Adraſt zu Ar=
gos vereinten ſich, bey Gelegenheit dieſes Krieges, meh=
　　　　　　　　　　　　　　　　　　　　　　　　　　　　rere

rere griechische Helden, z. B. Kapaneus, Tydeus, Hip-
pomedon, Parthenopäus, u. a. m, Die Vorfälle dieses
ersten Krieges gaben den griechischen Dichtern Stof zu verschiedenen Trauerspielen. Minder berühmt, aber glückli-
cher, war die zweyte Unternehmung wider Theben, oder
der Krieg der Epigonen, d. i. der Söhne und Abkömmlinge der in jener ersten Belagerung gebliebenen griechischen
Helden, worunter Alkmäon, Thersander, Polydor
und Thesimenes die berühmtesten waren.

Helden des trojanischen Krieges.

124. Unter allen Kriegen des griechischen Alterthums
aber ist keiner so berühmt, als der trojanische, der erste ver-
einte Feldzug der griechischen Völkerschaften auffer den Gränzen ihres Landes. Die nächste Veranlassung dazu gab der
Raub der Helena, der Gattin des lakonischen Königs Menelaus, durch den Paris, einen Sohn des Priamus, Königs in Troja. Die Belagerung dieser Stadt dauerte, der
gewöhnlichen Erzählung nach, zehn Jahre, mit abwechseln-
dem Glücke, bis endlich die Griechen durch Kriegslist
die Stadt eroberten. Die zu dieser Unternehmung vereinten griechischen Helden erwarben sich in ihrem Vaterlande
immerwährenden Ruhm, und Homers Iliade gab ihnen
Unsterblichkeit. Der erste Anführer des griechischen Heers
war Agamemnon, und die übrigen berühmtesten Helden desselben waren: Achill, Ulyß, Diomedes, Menelaus,
Ajax der Telamonier und Ajax der Oileer, Idome-
neus, Nestor, u. a. m. Von Seiten der Trojaner zeich-
neten sich Hektor, Aeneas und Antenor bey dieser Belagerung am meisten aus.

125. So merkwürdig der trojanische Krieg an sich selbst
ist, so erheblich war er auch in Ansehung seiner Folgen.

E 2   Die

Die griechische Kultur wurde dadurch sehr befördert; die kriegrischen Uebungen der Griechen wurden geschickter und mannichfaltiger; und ganz Griechenland erfuhr durch die in diesem Kriege veranlaßten Veränderungen große Revolutionen in seinen meisten Völkerschaften, seinen Staaten, und deren Regenten. Dieß alles gehört indeß mehr in die wahre als mythologische Geschichte, die hier eigentlich ganz aufhört, wenn man nicht etwa noch die einzelnen Vergötterungen dazu rechnen will, die in der Folge, selbst noch bey den Römern, eine Frucht sklavischer Schmeicheley und feiler Unterwerfung waren. Auch diese hörten allmählig auf, und mit ihnen zuletzt der ganze herrschende Einfluß der heidnischen Religion.